バルパライソの
長い坂をくだる話

神里雄大

白水社

バルパライソの長い坂をくだる話

目次

+51 アビアシオン，サンボルハ 5
イスラ！ イスラ！ イスラ！ 57
バルパライソの長い坂をくだる話 109

いいかげんな訪問者の報告書 149
ヘラルドと中華街 151
十二歳の女のデビュー 158
俳優を探して海を越える女 163
飲む前から酔っている男 169
訪問者 173
ブエノスアイレスで日本語を殺す 179
三月二十四日 184

あとがき 189
上演記録 i

+51 アビアシオン，サンボルハ

俳優のみが演ずることができる

1　東京

わたし　寒さが記憶にないということは
まだ寒くなるまえのこと
うるさかった……本当にうるさかった
いまでも耳に残る
オリンピック決定の知らせはまだだった
それでも街は祭りのように回転俥
何か食っては怒り、飲んでは吐き出すみたいな毎日で
通勤電車はいよいよ自分で発電を始め、地下を掘り進み、新しい爆弾に火をつける
騒音はもう十分だった
街が吸収できる音が限界を超えてしまうのを
ぎりぎり抑えている、そんなころ
自分で建てたわけでもない

油分もない建物のなかで
陽光を感じながら居眠りをして
わたしは確かにひとりで
自分のいびきに気づいたのかもしれなくて
けれども誰かに肩を揺すられたような気もして
わたしは起きた！
そして……東京都中央区の、呉服屋が去ってひどく茶こけたビルの一室にいることがわかる

その室内でそして
無造作におかれたマットレスには埃を払った跡が真新しく
わたしのよだれが黄色く染みになって臭う、ので
自分のまぬけな居眠り顔を見つけたような気になる
頭の中にはなんの音楽も流れていない、ひどくむなしい
それから沈黙……

男　沈黙は
言葉と言葉のあいだに偶然落ちてくるスキマではない

もっと言葉に対して強いものを持つという
初老の男は
沈黙から言葉を守るような心づもりで左手をポケットにしまったまんま、立っている
右足はうまく曲がらず
沈黙の余熱から生まれる蒸気を
右の手のひらの開閉する動きが外へ吐き出している
立ち上る白の蒸気は、顔のしわじわを伸ばし
かつての若さをのぞかせる
沈黙の裏側で……

わたし　黙っていてもしょうがないな〜と思って起き上がると、わたしの真横には、メキシコ演劇の父という人が立っているので面食らいます

男に、
「……こんにちは」
わたしは彼がメキシコ演劇の父であるということを受け入れる
彼がメキシコ演劇の父であるのならば
わたしが納得するかどうかはあまり意味がない

彼は、そうなのだ

わたしはこのメキシコ人と、ちょっと話してみようと思った……

男に話しかけようとするも躊躇する。

なにをしゃべったらいいか、思いつかない……

彼が演劇関係者ということで、演劇の話をするべきなのか、いやまずはお天気の話などをお客にまず出すお茶とお茶菓子のような感じでするべきなのか、そもそも彼が客でぼくがもてなすほうなのか、あるいは、そうだ、自己紹介をするべきだ、と思って、ぼくもいちおう演劇を、というか演出家ということになっていまして、するとなると、わたしはあなたのかなり下の、下っ端の後輩に当たるんでしょうか、そもそもあなたは日本人か中国人のようだけれども、そもそもあなたはわたしの夢ですか？

なんてことを頭の中でぐるぐるやっていたんだけれども、あなたが幻とか幽霊とかの類ならぼくが声に出さなくてもぼくの頭のなかのことはきっと通じてますよね？

なんてことを頭の中でぐるぐるやっていたんだけれども

「君は演劇をどのように考えている？」なんて質問、唐突ですね！

彼は日本語が思うように出てこないらしく

スペイン語がわからないわたしに英語で話しかける

"How do you think about Theater?"
「……そうですね、演劇、なんでもいいですね……」
「聞き取りはできるんだけどね、長らくしゃべってないから言葉をしゃべるのがうまくいかないよ、日本語」的なことを言って、メキシコ人はぺろっと舌を出す

男　大正末期から昭和初期
下水道がにょろにょろと建設され始め
水は汚れながらも行く道を定めつつあった
そんなころ
わたしは、東京にいた
東京では、大きく土地が揺れ動き、古い建物は駆逐され
ドイツとロシアでは革命は成し遂げられ
わたしはそのことに焦っていた
けれども老体の演劇人に媚《こび》を売るような真似をするつもりは毛頭なく、貧しき民衆のために、米屏風風の農民やトランクに詰められた労働者たちとともに、普通選挙の権利を行使し、痰壺のような朝がまもなく顔を出すと信じ、その政治を、理想を、その小便くさい社会を、新しい目くそ鼻くそのような経済を、目指し、メザシを焼きながら、特権階級の

ための世の中を壊して、後世の糞餓鬼どもへ糞よりはややましな希望をつなげる……
そんなこころで演劇に生きていた
……しかし若い演出家だと思い込むこの男は
「サノさんが、東京にいた頃っていうのは、山手線は一周何分くらいで走ってましたか?」とか「えっと、終電は何時頃だったんですか」
などと雑誌の記者のごとく、汽車についての質問を繰り返す
興味があることはいいことだ
もちろんわたしも汽車に乗ることもあった
けれども……演劇はどうした!
演劇を通じ、乳首を出した社会を見つめ
号泣する為政者たちに少女趣味の変革を迫る
そういうことをやらないで、演劇のための村演劇をやったところでなんの意味がある
汽車に乗って、あるいは汽車の写真を撮って、にんまり、それでどうする!
一度くらいは、隣のくたびれたアパートで今にも首を吊りそうな若ひげを連れてきてともに鍋をつついたり、あるいは鍋を落として壊してそれを直す仕事の人間に仕事を与えたり

そういうプライスレスな社会貢献と同様に演劇を作って、いい気分になったほうがいい
その裏の糸と針を知れるから
いいから政治を倒し、金持ちから金を奪え！
左翼演劇の出発
プロレタリアだ！

わたし　メキシコ人は情熱がこもりすぎていて
なにを言っているのかわからない
まるで寝苦しい、季節外れの毛布を与えられたようだ
熱っぽく語り、ときには足を引きずり歩き回って俳優の真似事をする彼を見つめて
寝言でも言おうか……
けれどもわたしも演出家の端くれ
演技の片棒をかつぐもの
「左翼だのプロレタリアートだの、いまどき誰もそんなことに情熱をかたむけていません。自分のこと、それからちっぽけな悩み、見せかけの恋愛と空虚なカタストロフィー、そんなことばっかりです。それから一部の自称知識人が政府に対しての苦言をネットにつぶやくくらいで、演劇はますますその意義を見失っています」

男　いいか？　時代はまわりめぐり、いまこそ労働者の代弁者として、現政権を倒し、君の若さと情熱を傾け、カタストロフィーを捨ててネットに邁進するんだ！　そのために演劇だ！

わたし　演劇などやっていてもなんの代弁にもならなければ政権も倒せませんよ。若さは役立たずで情熱は煙たがられる、それにネットに真実があるなんて嘘八百です。

男　時代はめぐり、労働者の代弁者として、若さと情熱を傾け、カタストロフィーを捨ててネットに邁進せよ！　そのために演劇だ！　ほら、言ってみろ。

わたし　……時代はかわりいま労働者として若さと情熱でネットする……。

男　へたくそ。

わたし　ぼくは役者じゃないですよ。

男　つべこべ言うな！　呼吸に合わせて間を入れろ、前後の流れをもっと引き寄せろ。

わたし　……はい……。

男　さっさとやれ！

わたし　……時代は流れ、いつでも労働者は、若さを吸い取られて、ネットに回収される……。

男　ちくしょう！　セリフが違う！

わたし　なんでもいい
慇懃《いんぎん》無礼で厚顔無恥なわたしは眠りたい
眠ったまま生涯を閉じたい
思考のゲームはやめて眠っていたい
社会も労働も意味も考えるのをやめたい
世の中から浮いて薄い命を塩気のないスープに溶かしてしまいたい……
そんなこころを読んだのか
演劇のメキシコ人はむっとし、いらつき
曲がらない右足を引きずりながら、走り回ってきらきら光る、窓から差し込む陽の光を
浴びて舞い上がる埃のように
それから叫び声をあげる
脳神経細胞を政治家御用達の鋭利な爪でひっかかれる
実験ねずみのような亡命者の叫び声をあげる！
叫び声。
メキシコ演劇の父なる彼にとってメキシコが子であるなら

生まれ故郷の日本が母だ、オイディプス！
母に恨まれ、関係が修復することはなかった
彼はねずみ根性ででたらめにうめきまわり、疲れた
それから穏やかな体つきになって、警視庁東京ねずみ取締署の刑事たちのせいで、左翼演劇の前線から退き、親の力／金の力でベルリン、それからロシアに渡った話をわたしに話した
新天地で彼は、メイエルホリドという、（スターリンに）パン粉のように殺される演出家の助手をすることになったそうだ
スパイシーな彼の話に、鼻の奥でめまいを起こしそうだったよ
偉大なる演出家スタニスラフスキー先生とメイエルホリド先生の相反する演劇論
伝説的なふたりの奇跡的な融合と晩年の性器の見せ合い
みたいな話を永遠に続く炎の中で聞かされる
どんな演劇だったのか？
「スタニスラフスキーってスキーのスタイルとかじゃないんですね」
ちょっとためらいながら茶化してみると
メキシコに活動拠点を求めることになってしまったかつての日本演劇人セキサノは、こ

の世の終わりのような面白呆れ顔になって、左重心の変なスキップでどこかへ去っていってしまった

消えていく彼の背中は、「わたしの足跡をもとめて、おまえはロシアに行って来い」と語っていたけれども

急速に悪化する米露関係、君ならどちらにつく?

太陽を求めてわたしは沖縄に行くことにしたのだった

2 沖縄

那覇

わたし 成田から沖縄に向かった

あれは十二月のことで

那覇でひとりだった
コートのいらない那覇の十二月上旬
空港には米軍機が発着し、ざわつき
モノレール乗り場へ続くエスカレーターにはクリスマスのデコレーションが満ちていて、
季節外れな気分がやってくる
沖縄はいつでも夏であってほしい
なんて傲慢な思い込みだろう
けれどもそうだ、沖縄はいつでも夏であるべきだ
北半球の夏にクリスマスは来てはいけない
ベルリンは寒いのだろう、モスクワはもっともっと寒いだろう、東京も寒かった
那覇は羽織るものがあればよかった
夕食を食べようと国際通りを歩いて適当な店が見つからない、観光客しかいないように
見えた
観光する気になれなかった
ホテルでひとり、泡盛を飲んで酔う
テレビをつけると、特定秘密保護法なるものが参議院で成立したというニュースが流れ

ていて
おれはけっこう酔っててやっぱり眠くて
つまみの残りを口に運びながら、夢の入口で泳ぎ、プールの憎しみ――
サンタの格好をしたメキシコ親父のセキサノが出てくるかもしれない、と思った
彼に聞いてみたいことがある
でも出てこなかった、彼は
オフシーズンなのだろうきっと、クリスマスは……
そのとき見た夢は歪んでいて
日本人のじいさんが、ブロードウェイのミュージカルで振付をしている、という夢で
彼はその昔海外で活躍したダンサーのようだった
ひとつの肉体、ひとりのちっぽけな肉体が
ステージ上で跳ね回る
それを見つめてわたしは、いつのまにかその肉体を自分のものと取り替えてしまった
心は重苦しく、軽快に舞う体はいつのまにか
ひどく肺の汚れた小学生の体みたいになって
必死に踊れば踊るほど、電流が体をうまく流れず

恥ずかしさは募り、手足は砂のように破裂しこぼれる
戦争の赤の火が歯並びを悪くさせる！
焦りと胸のドキドキ
秘密警察
一種類のメニューを悩んで選ぶ海兵隊
止まらない足の動き、もつれ
思い思いの気分を紙に書きつける若者とマジックペン
にっこり笑って顔を近づけてくる無数の総理大臣
踊れないのに飛び散る汗と真っ赤な顔
産後の鮭の乱獲を涙を流してやめてくれと訴えるおれ
ネットのおれ
サンゴ礁のおれ
かまぼこのおれ
を食べながら子どもを蹴って死なせるおれ
おれたちに囲まれて気持ちが高まった時に
寝汗で飛び起きると

那覇のアパートメントホテルの部屋には
洗ったシャツが干してあり
それは柔軟剤が使われており、いい香りがしたのでした

ひめゆりの塔

わたし　演劇批評家が那覇にきていた
友人の結婚式に出席するという、ツイッターが教えてくれた（そういえば三月十一日に大阪で、地震のことを教えてくれたのもツイッターだった）
演劇批評家にメールをして、結婚式までのあいだ行動をともにすることになった
レンタカーを飛ばして……
モノレールの駅近くのただれた駐車場で演劇批評家を待っていると
メキシコ親父が批評家と肩を組みながら現れた！
親父はすっかり機嫌がよく、批評家に早口でなにかしゃべっている
批評家は半笑いで、ふんふんうなずいている
男　**流暢な英語をしゃべっているように、**

『33の失神』というタイトルで、チェーホフの『結婚申し込み』と『熊』と『創立記念祭』の戯曲を合わせて、一つの作品にするっていうのをメイエルホリドがやったんだ。三つの戯曲の中で登場人物は合計三十三回失神する。

批評家　**たどたどしい英語をしゃべっているように、**

失神しすぎですね。

男　それぞれの失神には、男なら金管楽器の曲、女なら弦楽器の曲、みたいな感じで生演奏の音楽をつけて、失神者が息を吹きかえすと鳴り止む、という演出プランだった。

批評家　それはちょっと仰々しいですね。チェーホフの戯曲のことばっていうのは、軽やかな身体性を要求してますよ。

男　でも軽やかさのことを考えてみると、失神するっていう行為はそのギャップが面白い視点だ。失神を重く扱うことで、それ以外のユーモラスな部分の強調にもなる、単純な話。そういう、演出家の発想の面白さをわたしは学んだとも言える、し、自分の演出プランを構築するにあたって、助けにもなりました。

批評家　実際には三十三回におよぶ失神を戯曲から読み取ることは不可能じゃないですか？

男　いやそうではないよ。ヒステリーを起こしたり、めまいがする、みたいなセリフも、すべて失神として扱ったんだ。そういう演出の発想だ。

批評家　それって強引というか力技というか。ちょっと演出の力が強すぎる気がしますね。演出家の欲というか戯曲の操作とも言えるのでは？

男　戯曲っていうのは素材だよ、人間で言えば肌だ肌。誰だって肌を洗い、綺麗にするだろう。それをぼくは言ってるんです。洗いたてのタオルで体をゴシゴシとする、すると垢《あか》が出る。演出家はその垢を見逃さないようにするんです。ああ、心臓が痛い！

その垢はただの垢というわけではない。それにこそ作家の隠されたテーマがある。いや、戯曲そのものが本来持つ特色と普遍性があるのだから、それを見逃さないように、ときには優しく、ときには乱暴にゴシゴシと戯曲をこすって上質な垢を出すようにするんです。ということは演出家は、……わたしは、タオルなのかもしれない……。

できるだけ上質なタオルを目指している。観光地で叩き売りされているようなタオルとは一線を引きたいと思いますね。あなたのように批判ばかりするのではなくてね！　わたしは、タオルなのかもしれない。歴史と伝統のある、けれども先鋭的で守りに入らないそんなタオルになりたい、ああ心臓が！

男、心臓を抑えて倒れ、金管楽器の曲が流れる。

わたし　『結婚申し込み』『熊』『創立記念祭』
どれも、読んだことのないものだった
白熱した議論
十二月の海は幻想的に黄色く光って消えてなくなりそうだ
ドライブをした
ハンドルさばきはユーモアにあふれ
チェーホフさながらで
助手席で、批評家は海も見ずにタブレットの画面ばかりを見ている
ダークスーツを着たまんま、汗を隠した沖縄を調べている
歴史について・辺野古について・思いやり予算について
彼にとってはこの土地は研究対象なのだろうか
沖縄人とアメリカ人の混血について
移民者の多くが向かったハワイについて、などなど
サノは珍しそうに身を乗り出して、タブレットのことをいろいろ質問していた、批評家は自慢げにタブレットを操作して見せ、サノは驚き、さらにタブレットは過剰に操作される、サノは驚き続ける……

大盛り上がりの車内でわたしはその音に喜んだり鬱陶しくなったり
主に嫌な気分になって海を見つめていた
批評家とサノは日本の未来について話し合ったりもしていたが
わたしは海水の方が大事だった、魚になりたい
ふたりは話し疲れて眠った
ぐーぐーすやすや
ぐーすやすやすや
平和な顔をして寝息がまぬけで、きっと寝顔もまぬけなのだろうがおれは運転中だ！
なにごとも意識と関心の方向で見え方はかわる
穏やかなようで、そうじゃないようで
生きているようで、もう死んだようで
そうして、ひめゆりの塔についた
子どものように無邪気な寝顔だが、ふたりとも起きてくれ！

ひめゆりの塔、修学旅行の生徒たちをかき分けて
七十年前戦争に殺された生徒の顔写真にちらりと横目をやり、憎悪の花に水をやる

そのつもり
けれどもいつも時間がない
駆け足、小走り、いずれにしても
ひとりひとりの悲劇に涙も与えられないまま
義務から逃げる
歴史は受け止めなければ、そんな義務感
駐車場に戻り、それからまたエンジンをかけ、ハンドルを握る手
居心地の悪いぬるい風が吹く
ひめゆりの塔の近く、平和祈念公園の敷地を歩く
黒く光る戦没者の名前
飢えか苦しみか
自殺か爆弾か
平和の礎に、わたしの遠縁の名前を見つけた
どうやって死んだのだろう
遠い親戚より近くで眠る他人
資料館では沖縄戦の記録と沖縄移民の特別展示を見た

ハワイやメキシコ、ペルーへの移民たち
すべては過ぎ去っていく
強い風が吹いている
車の窓を開けてやると
眠っている批評家の髪がなびいて、おでこが露わになる
どんな夢を見ているの？

「演劇批評家の夢」

久高島という沖縄本島からフェリーで二十分くらいの島に、ぼくと演出家はふたりで行き、自転車を借りて別々に行動しました。この島は琉球の神が降り立ったという神の島だということでした。曇りでした。細長い島でぼくは自転車を漕ぐのですが、まるで進みません。砂浜近くの茂みではバナナがなっています。自転車が錆びついてぼくはなんだか、責め立てられた気分になったので、船着場近くの売店でなにか食べようとも考えました。そのときです、ぼくの背後に潜んでいた演出家そっくりの男、というか演出家が硬い石か何かでぼくの脳天を打ちのめしました。暖かい感触を頭に感じ、けれどなぜだか痛くはありませんでした。液体が、血とも脳みそともつかない液体がぼくの顔を伝い、全身を包む。それから横たわり、地面の匂いを思いっきり吸い込む。呻《うめ》きながら、土をつかむと、なぜ

でしょう、ぼくはふたつの存在を感じるのです、空気の匂いの発生源なる神とそれを拝む人々の存在、あるいは、先祖へ帰るための移動、寝るために戻る家……そしてどちらも失われる。

佐野氏は若い演出家が名護に住む親戚に会いにいくのについていくという。わたしは彼らと別れなければならない、さようなら！

大宜味、辺野古

わたし 名護の親戚に教えられて墓参りに
先祖の墓はすぐ近くにある、大宜味村
見知らぬ土地で、緑の地平線に溶けそうな、丘の斜面にめりこんだ墓石が
口を開いてわたしを出迎える
ツタがわたしの腕に絡み付き、汗がしたたり、夏が恋しい
青々とした葉がひらめき、湿気を失った枝が散乱している
竹のほうきが打ち棄てられ、土があなたの汗を吸っている
あなたの国家がきらきらひかる

掃除をして、お墓にはじめて手を合わせる
そうすればおれだって血のつながりを感じることができた
いるかな先祖は、この墓に
わたしはあなた方の子孫
ずっとさまよっていた、太陽のしたで――
かんかん照りの太陽
雲隠れの太陽
押さえつける太陽
赤く染まった土のうえ
神妙な気分になって揺れる畑を背にして
黙祷
すべての人に
穏やかな日だった
ペルーに住む祖母と電話で話し、祖母の家の墓参りをしたことを伝えると、小さい頃乗って遊んだブランコがまだあるか見てほしいと言われた
名護より北、大宜味村の深い緑に埋もれる集落の売店で、わたしは酒を買い、それから

かつて祖母が育ったという屋敷跡のだだっ広い空き地に着いた
シークヮーサーがたくさん
一本さびれた名前のわからない木が立っている
ここにブランコがあって
戦争の前祖母はそれで遊んでいたそうです
名護の親戚から預かった、うどんのような艶のある笑顔の、天然パーマの髪を後ろで結んだ
若かりし頃の祖母の写真、モンペ姿
それをサノに見せると、彼は無言でじっとそれを見つめていた、まるで自分の子どもを見るように
祖母は、ペルーの、わたしの祖父の墓参りにも来てほしいと言っていた
祖父と、その親兄弟たち
移民の子どもとしてペルーで生まれ、沖縄で祖母と出会った
わたしはかつて、死んでしまった祖父が埋葬されるのを見た
空地になってしまった場所だけ、ぽつんと時間が止まったかのようでもある

お墓参りの帰りに寄った辺野古では
義足をつけた左翼活動家と呼べる男が、テントを立てて、基地の移転反対活動を細々と
続けていて
米軍キャンプと沖縄を隔てるフェンスには、内地から来た連中がラップをしながら移転
反対の横断幕を掲げたり、子どもの署名をこねくり回した自由工作が吊られていたけれど、
米軍キャンプの砂浜には、どんなアメリカ人も見つけられなかった
誰に向かうべき主張なのかいまだに判断がつかない
続けている人はいる
自分ではない誰かが人生をかけ、ダメにしている
サノは一言二言、その活動家と言葉を交わし、目でなにかわからないコミュニケーショ
ンをしたあと
旅行鞄を足元において、真っ赤な顔をして、妙な動きをしている
彼は砂浜でなにをやっているのか
ロシアからも追い出されてしまったねずみ男
大使館から問い合わせが相次ぎ、絶えず脅し文句が送られてきた
いったいぜんたい、彼は表現欲などに目覚めず

おとなしくブルジョワジーをやっていたら、どうなっていたのかな
なんて考えてしまう

男　演出家は祖母に会いにペルーへ行くらしい
わたしはわたしで、ロシアを離れたときのことを思い出したい
逃亡先のパリ、人目を避けて歩いたのは夜
太陽は消えてしまったようにgone
ロシアに残してきた妻から娘の死を聞きgone
シャンゼリゼのションベンくさいカフェで砂糖をかけすぎた
しばらくするとこの街も真っ黒だ
そして日本国籍を強調しすぎた鬼っ子がわたしに、地下室へ行こうと誘ってくる、誘い
は断る！
演出家《彼》の曾祖父は、わたしが東京で演劇活動を始めた頃
新天地を求めてペルーへの船に乗ったという
わたしも東京↓ベルリン↓モスクワ↓パリ↓ニューヨークとまわりまわって
メキシコへたどり着くまでずいぶん回り道をしたものだが
ペルーへの船も揺れただろうか

揺れる船内で死んだ同胞の安寧を祈る

3　ペルー

カヤオ

わたし　わかめ
こんぶ
カレー粉
静岡茶
母から祖母への手紙
日本のカレンダー
つめられるだけをつめた、スーツケース
リマに着くと、真夜中だった

二月、南半球のペルーは真夏をむかえている
迎えが来ているはずだった
真っ黒な通路をすり抜け
友好的な入国審査の笑顔、二分で終わる
荷物検査も簡単にスルーし
日本旅券の権力にくらくらする
出口に向かう
薄暗い港内では
出発準備の人
見送りの人
出迎える人
到着したわたし
などがごったがえし活気に溢れている
親戚のだれかが来ているはずだった、けれどだれが来ているかわからない
会った記憶のないわたしを知っていると主張する、だれかが声をかけるはずだった……
（だれもいない）ひとりだった

さまよう、それから立ち尽くす
生まれ故郷でわたしは無力だ
外に出てタバコを吸うと、タクシードライバーたちは流暢な英語で話しかけてくる
断っても断っても荷物の多さは変わらない
空は暗く、それでも曇りなのがわかった
空気を吸って、駐車場とガソリンの匂いと音のあいまに
ことばがわからないほうの故郷の、生臭く乾いた匂いを感じる
立ち尽くす、タクシードライバーたちの英語はせわしない
もうすこし、わからない
けれど懐かしい音と匂いにひたらせてほしい

タバコを吸っているわたしに、サノは足をひきずり近づいて、一本くれと言ってきた
ヨーロッパを離れ、アメリカ入国を希望したセキサノは
ニューヨークのエリス島に閉じ込められた
その島は移民希望者たちがごったがえし、それぞれの音が満ちている、入国を保留され
たものたちが、それぞれの言語に紐づいた音頭を発する

強制収容所さながらの留置所の島、一九三八年のサノはそうやってつぶやく

男　一本タバコをくれ。
わたし　佐野さんはタバコを吸っていたのですか、ほらあげます、アメリカのタバコです。日本の空港で買ってきたものです、免税店の。
男　ブルジョワのタバコか。
わたし　タバコにブルジョワ云々があるのですか？
男　ある。
わたし　タバコの税は取りやすいっていうことで、どんどん課税されてしまって、いまでは免税店がみんなの希望です、旅行者の。
男　そうかいそうかい創価学会。
わたし　佐野さんはまだ入国できないのですか。
男　君はもう入国できたのか。
わたし　入国はできました、でも迎えがきません。
男　お迎えがこない！　自分から車に乗ればいい、みずからの声とことばで。
わたし　タクシーに乗るとしましょう、けれどぼくには両替したばかりで大きいお札しか

ない、一〇〇ソーレス、タクシードライバーはおつりはないと言う、祖母の家まで空港からいくらかかりますか？　紙幣の価値はわからない。まったく見知らぬ街で下ろされたらどうします？　スーツケースが二つ、大事な書類もパソコンも入ってる。真夜中の街に放り出され、ひとり、携帯もない、通行人が親切だという確証はどこに行ったらもらえますか！

男　君の故郷はここじゃないのか、入国できたんだろう、感慨深くないのか。

わたし　故郷だからって誰が助けてくれるんですか。感慨深いですよ！　空港の茶こけた体臭。ぼくにはことばもない、誰も知らない、無い無い尽くし、寿司。日本はいま昼過ぎです。けれども本当は眠くない、飛行機では眠れたから。

男　眠れるものか！　ぼくはロシアに行く前に、アメリカに寄ったんだ。そこで、国際労働者演劇同盟の総会に出席するための大事な書類を全部盗まれたんだ。あほか！　それどころか服も帽子も、着替えも全部盗られた。それでも入国できたので幸いでした。

今度のアメリカ入国は時間がかかる、眠れるものか！　ぼくは亡命者になってしまった。日本に送還されれば長期刑が待っているだろう、ぼくにお迎えなんてこない。売国奴と呼ばれた！　これからどうするんだ？　自分の糞を食う生活を強いられる。食ったら意外とうまいだって？　どうぞ食ってみろ！　歴史のページとページのあいだ、影にかくれて、亡命者は影に色を吸い取られる。

叫び声。

ぼくの体半分は国家に持っていかれた。それでもぼくの活躍の場は必ずあると思うんだ、あるはずだ、でもアメリカじゃなかった。それがどうしたっていうんだ！　民衆も政府も、みんな先を競って革命的な演劇活動に力を入れている、そういう場所でゆっくりしたい、そこまで船に乗っていくんだ。

わたし　政府の支援ていうのはやっぱり必要なんですか、芸術製作には。それをサノさんの「民衆」はどのように思うのでしょう。

男　君もすぐ忘れるだろう、横浜港を出てから数年、二十六歳だったぼくは三十四歳になって、傲慢な島に閉じ込められ、故郷に送還されるかもしれないという矛盾におびえている。新しい時代の演劇をつくりたい。政治、戦争と無縁の、自由な思考を謳歌して俳優の肉体にのみ向き合い、舞台のうえで汗を飛ばして走り回る……

わたし　てっきり政治活動をするつもりで演劇しているのだと思っていました、それは敗北とは違うんですか。

男　ぼくは演劇を作っているだけだよ、作りたいんだ。

わたし　政治の言葉の意味が違うんじゃないかな
そう言って、サノは監獄島に戻って行った
わたしには、あとになってもその言葉の意味がよくわからなかった
テアトロ――ぼくはその地球の反対側まで来てしまった
とにかく早く目的地まで着きたかった
横浜港からは毎日のように、旅行者や留学生、将来の亡命者、移民希望者や外交官が海に乗り出していったらしい
わたしの曾祖父は大正九年九月二十三日に横浜港を出発し
移民船第六十九航海「安洋丸」は十一月十二日、リマ近郊のカヤオについた
カヤオに移民者たちは住み着き、そのあと散っていった
いまわたしがいる空港はそのカヤオにある

到着ロビー付近のせいぜい五十坪の空間を九十分にわたる徘徊のすえ、祖母の友人であるイサベルがわたしを見つけ、ついに祖母と再会を果たした！
二十年ぶりに見る孫の顔を、祖母は見分けられなかった
写真とあまりに違うと言い、わたしは毎日のように表情が変わるからわからないのも無

理はないと言って笑い飛ばし、それはふたりにとってその後、とっておきの笑い話になった

わたしが生まれた祖母の家があるサンボルハまでは、車で一時間かかった
スーツケースを乗せ、会話もあまりないまま、車は走る
夜のリマの道は思ったよりきれいな舗装で
車内でかかる「津軽海峡・冬景色」は、車を運転する日本語を知らない日系人男性のお気に入りだったので
歌っていた

サンボルハ

わたし NHKの衛星放送を見て
わたしとおばあはあくびをする
二十畳くらいある居間は、おじいが日産自動車の部品を売って建てた
東京に放送局があるらしいテレビは雪の被害状況を逐一、南半球のわたしたちに伝えてきた

朝ドラを夕方に見て、夜のど自慢を見る
家を囲む高いブロック塀の上には有刺鉄線が張られている

スペイン語で、「鶏肉」は「ポヨ」ということを学んだ、ちょっとかわいい
「でも」とか「しかし」とかのことは「ペロ」という
ペロっとポヨを食べたい、ペロ、香草の香りがわたしは苦手で、このポヨはペロにあげる

食卓に並ぶのはペルーの国民食であるポヨのほか、きゅうりの香の物、みそ汁、白米、味気ない大粒の納豆、焼きビーフン、プチトマトのような果物、ザクロのようなグラナディーリャは便秘に効くらしい
夕方インカコーラを飲みながら、明日（にもうなった）の朝の伊豆の港の朝食の、様子をNHKは伝えて
「日本のテレビは食べ物のことばっかりだね」
「ほんとね」
けれども我々はその朝市のメニューに興味津々である
「日本のパンはおいしいらしいね」とおばあが言うので今度来るときは持ってきたいの

だが、難しいだろう
パン職人を小さくして連れてくることも考えたが所詮は頭のなかのことである
薄めの緑茶を飲んでいると
おばあは椅子に座って居眠りをしていた
「ばあちゃん、ちゃんとベッドで寝たほうがいいよ」
……おやすみなさい
テレビを見てうとうとしているおばあを起こして、わたしは二階の、父親が育った部屋の広いベッドで眠る
部屋には父親のパソコンが置かれている
シャワーはたまに冷たく、まあ夏だからいいけれども
蒸し暑くむさ苦しい土の匂いが、アビアシオンの通りを走る車の排気ガスに紛れてやってくる
トイレは水圧が弱く、一度ではあれやこれやが流れないこともよくあった
わたしは上半身裸でタバコを吸いながら、窓からアビアシオンの通りを眺めていた
タクシーは信号無視して右折している
パトカーのサイレンは鳴り響き、道の見えない両側からわたしたちを包囲している

明日は毎週月曜日におばあが行く神内《じんない》先駆者センターについていく、もう寝なくてはいけない
ベッドに横たわる
夢はいつでも見たし、蒸し暑かった
けれど、日本の夏ほどじゃなかった……
深い緑の沖縄県国頭郡《くにがみ》大宜味村のことが思い出される、いまは寒いだろうか？
リマの曇りばかりの埃っぽさ
スラム街、積み上げられた果物、建設中のモノレール
サノはどういうふうに夜を越えたか？
やわらかい枕、真ん中が落ち込むベッド
一階のおばあのベッドには、たくさんの服や写真が広げてあって、横たわるスペースがないようにも見えた
花がらのワンピースを着て、顔のしわじわを手のひらでのばし、右足をすこし引きずるおばあ
いつもここで、居間の椅子で居眠りしているのだろうか
ひとりでずっと

遅くまでNHKの音が途切れない

神内先駆者センター

女　演出家が

ペルー人運転手の破壊的な運転に景色を見る余裕もなく、車内の香水や加齢臭が混ざったにおいを嗅ぎながら、スペイン語で会話される日系人たちの話を聞いている

そのうちに

マイクロバスは、ジグザグに車道を走り、インカの伝統服を着たホームレスを歩道の片隅に追いやって、一時間程度で

神内先駆者センターに着いた

正面玄関でバスはヘッドバンギングのように停車し、サイドドアーは外から開かれ、車いす用のスロープがかけられる

玄関では、ボランティアスタッフ専用のかりゆしのようなユニフォームを着たスタッフたちが

老人たちをひとりひとりバスから降ろし、暖かいハグとキスのあいさつ、その雨

二階の受付で、それぞれ名札を受け取り、参加費一〇ソーレスを渡すと、五十人以上の
老人たちが、テーブルに座って煎茶を飲み、血圧を測ってもらっている
朝十一時になろうとしている
毎朝の光景がそこに、いまも、今週も、来週も……
名札には、宮里、比嘉、金城などといった名字が多く並ぶ
おばあは、月曜日に神内に通っている
自慢気に、月曜日の友人たちに演出家を紹介するので
なんだかうれしく恥ずかしい気だ
「ニエト、ニエト」と自慢気に、笑顔だけで、みんなに孫を紹介する
演出家は——孫は、神内先駆者センターで、もしかすると沖縄に住んでいる誰かの、お
ばあやおじいたちと、冠二郎が歌うテレビを見たり、折り紙を折ったり、日本では体験し
たことのなかったお茶の作法を学んだりした
空手家にも会ったし、ボランティアスタッフになることも考えた

日本語とうちなーぐちとスペイン語が混ざるおばあ
煎茶を飲みながら、あるいは冷えた天ぷらを食べながら、おばあは言う

「もう一度沖縄に行ってみたいけど、もうだめだよ。年取ったから。もう諦めた」
おばあの夫は二十年前に死んだ
ペルー生まれの日系二世である彼が十代のころ、いったん沖縄に戻って、——戻ったというか沖縄にやってきて、おばあと出会った
戦争前夜のそのころ、のちに神内先駆者センターを建てる、神内良一《じんないりょういち》少年は当時大流行していたという、冒険漫画に熱中し、移民へのあこがれを強めていった
なぜ彼は移民しなかったのか？
一階のレストラン K'tana での食事のあと、孫はセンターの玄関に設置された神内先生の銅像の鼻を、
なんとなくつまんでみた

神内良一　ほんとうは外国へ行きたかった。南太平洋、南米、あるいは満洲。とにかく海外へ行きたかった。わたしにはそれが許されなかった。
戦争が昭和二十年に終わって、翌年の二月——戦争が終わって半年後に、リュックサックひとつ、北海道へ向かった、農業やろうと思って。南国四国の生まれは、雪を珍しいものにした。子どもにとって、雪のあるところというのは憧れで、いつかはそういうところで

生活したいと思うでしょう。

……けれど来てみたら、食糧難に就職難、農家でも屑米《くず》食っとったんだ。仕事がないの、探しても全く。戦争終わったばかりで、なんにも仕事がない。働く職なく食う食なく。けっきょくいったん四国に戻ることにした。

女　夢破れた少年は、巨大消費者金融を立ち上げ、その果てに「約束」したのが、日系社会の支援などで、いまは夢を叶え北海道の大地で農業に励んでいる

この銅像は、おじいおばあたちの尽きない感謝の気持ちだ

街に散っていたものたちが、週に一度いっしょに食事をする

バラバラだったものたちが、週に一度おしゃべりをする

ここでは関係なく時間が流れる

午後、吉幾三の歌にみんなうとうと寝てしまったので、孫は玄関の銅像に戻り、胸元を撫でてみた

神内良一　南米はいまでも行きたいと思っている。

けれども歳というのは、これはもうしょうがないことだ。北海道で始めた農園を最後ま

で仕上げるという仕事がわたしには残されている。時間は足りない。九十近くになったいま、足も体力も衰え、だから南米へ行くのは諦めざるをえない。けれども車いすに乗ってでも、日本全国、仕事は続けようと決めている。出張先のホテルで死ぬ、そんな宿命が自分にはあるんじゃないか。

もしも移民していたらどうだっただろうか。

政治、国策移民
肉体からしみ出る汗と土、騙しと血まみれの話を聞いた。

もしも行っていたなら、彼らとおなじような苦難、苦労をしただろう。おれだったらそれだけの辛抱ができるのかと、何度も自問自答した。

わたしはただ、外国に行きたかった。

女　孫はどきっとして銅像から手を離し
「むすんでひらいて」が歌われている部屋に戻って
老人たちの動きをじっと見つめた
遅い足の運び、腰、背中……
手を大きく広げて人生何百回め、何千回めかの笑みで

おばあたちは声をあげている
回数と蓄積
汗を何万リットルも流した毛穴が
曲がった背中にひっついている
それからなんどもなんども切られた白い髪の毛、染みついてしまった頭皮
人生のスケールというのは
一個人の体の大きさと重なっているのかもしれない
体の可動域を超えて、世の中を見ることは
本当にはできないのではないか
そんなことを思い、自分の体にだってなにかが記憶されているはずだったのだが
孫の彼には見つけられないままだった

夕方、また乱暴な運転のマイクロバスに乗って
ひとりひとり老人たちはリマの街に散っていった
アディダスのジャージを着た平さんが、大きな家の門を使用人に開けさせ
ゆっくりと、浮いたような足取りで、前のめりに、家に入っていった

ゆっくりと、浮いたような足取りで
先駆者は、ひとり、ひとりとそれぞれの場所でバスを降り、消えていく

お墓参りとバス

女　翌日、孫とタクシーに
タクシーは怖いからひとりでは乗らない、乗れない
知らない路地で身ぐるみを剝がされたといううわさ話
車内で口数は少なめに、サングラス越しに道を見ていた
リマには珍しく、日差しの強い日だった
曾祖父母のお墓や
おじいのお墓参り
真っ青な空と緑の地面、きれいな水、土木工事のひとびと
孫と手をつなぎ、歩くとひとりではもうなかった
墓石に刻まれた名前を手でなぞり、手を合わせて
あなたの子孫が来た旨を伝える

水をかけ、墓守に花を渡し、売店でインカコーラを買った
曾祖父母が乗った船のことや
おじいが向かった戦前の沖縄のこと
わたしたちが子どもたちを連れて、カヤオに住み着いた日のこと
ずいぶん、遠くなってしまったものだ
と誰かがささやく

昼下がり、アビアシオンの家に戻ると、わたしの孫は家の鍵をベルトの内側にくくりつけて、かくし、小銭をポケットに入れ一〇〇ソーレス札は靴の内側に入れ、暗くなる前に戻ると言って出かけていった
彼がアビアシオンと垂直に交差するアンガモスの通りに出ると、アメリカ資本が持ってきたモールの横から路線バスに乗る
モールの中にはバーガーキングやケンタッキーや健太郎寿司などが入っている
アンガモスの通りは、とてもうるさい
人よりも汗と髪の毛があふれ、レンガが積み重なり、天然ガスをまき散らしている
バスは前の車やタクシーを追い抜き、そうかと思うと、急に交差点で止まる

呼び込みの男が路上に向かって行き先を叫びながら、激しい手招きで客を回収する
孫は、飛び乗り、座り、怒り狂った車道をぎゃんぎゃんやるバスに揺られながら、両手を膝の上に置いて、途中乗り込んできてはチップをほしがる流しのラッパーやギター弾きに、一ソルずつ渡したり拍手をしたりしていた
バスを待つひとたち――積極的に手をあげる路上生活者風の中年、けだるい動作の赤い服の女性
動き出したバスに飛び乗る子連れの母親
おんなじ茶色か灰色の路上、みんなだらだら、エネルギッシュだ

孫は、伸びきった髭や傷んだ髪の毛をそのままに、じっと前を向いて姿勢よく焦点の定まらない一点だけをはっきりと見つめていた
その目にはうつろな希望が浮かぶ
外は往来が騒々しかったけれど、どれも自分とは関係ないかのように感じながら静かな時間と空間のようだった

ところで
ＮＨＫワールドでは、著作権の関係で、一部の映像は関連する写真に差し替えられ、音声だけを聞くことができる
映像は隠されてしまった
証拠もなにもない
音は偉大だ／どんな物事にも音はある／音は創造する
銃の音も食べる音も祈る音もなにもかも
言葉と言葉の間に音は落ちて這いずりまわって横たわって
それから消える

4　劇場

あらたなわたし　わが街の劇場に、わたしは『人類皆右傾化（男根主義）』という芝居を見

にやってきた。この作品の演出をしたという、東洋なまりのスペイン語を話す男が、足を引きずりながらやってきて、わたしの隣の席に座った。帽子はやや埃っぽく、ステッキは黒い。

今日は初めてテアトロなるものに来てみた。驚いた。いったいぜんたいコカコーラが二十本は買えるだろう値段のチケットを買って、見に来ると、わたし以外は皆、正装ではないか。あんな高そうなスーツの髭面とか謎の言語を話す文化的な女とか、わが街のいったいどこの路上にいるのだろうか。やつらはどの山から下りてきたのか。

肝心の芝居は、演出をしたくなくなった演出家の性欲が高まりすぎて、真面目の殻を破れないあまり暴走し、ほかの演出家に励まされながら、いろんなところでジタバタする、という、意味のわからないコメディで、なんだかヨーロッパかアメリカくさい身軽な身体を見せつつ、政治と芸術の関係についても考えてみようぜ、みたいな感じのもので、けっこう笑えたのだけど、いったいこれはなんなんだろう。

これを見て、わたしの生活のことを思い浮かべても、糞の成分にもならない。楽しませるなら楽しませてほしい。あるいは横に座る金持ちどもは、いつもあんな分厚いステーキを食べ、コーヒーを飲んでいるのかと嫉妬するハメになった。あの東洋人の演出家の服はよれよれで、自分の拠点ではどうやらけっこううまくやっているらしかったが、彼にあの客層についての意見を聞いてみればよかった。
これでいいんですかね、これは。
やつらのディナーの肴にされるだけではないですか。路上の人間がどこにいるのか。
そして、わたしもきっと路上にはいない。
客席に座って、背筋を伸ばして、舞台の上の、俳優の行方を見つめることだけ。

参考文献　岡村春彦『自由人佐野碩の生涯』（岩波書店）

イスラ！　イスラ！　イスラ！

神様とまちあわせ。
誰が人間なのか、なかなか見分けはつかない。
人間はちょこちょこと予定を変える。
遅れては、ちらほらとやってくる。
最初の人間がやってきて、ずいぶんと経ってしまった。
やがて、どことなくみんな集まってくる。
それまでまちぼうけ。

王は兵隊たちを鼓舞する。
兵隊たちは細かに震える。

諸君、ご存知のとおり、この島のわたしが王様である。戦いのまえに、諸君の心構えのほどをいま一度確認したいと思っている。

あれはもう遠い日のことになってしまったが、あれは、ふとした失敗だった。失敗と呼んでいいものだった。すべてはあれから始まった。

――あるところに釣竿があった。あの日、待てど暮らせど、釣り糸に魚はかからなかった。どうしたというのだろう。たまにかかるものは、廃材やゴム材、打ち捨てられた家具と見えないもの、それから誰かの、もう忘れられてしまった人々がうつる写真、思い出の紙クズ、ゴミというゴミ。大量のゴミが漂っているのである。ゴミが釣れて、釣竿にあくびがうつるのだった。

さえない曇り空の下、やせこけた太陽が天空の障子に穴を開けるのを待ちながら、釣竿に眠気を移されたわたしは、ゴミに追いかけられながら、浅瀬の海で眠った。とても深い眠りだった。あの疲れは、文明の名のもとに犠牲にされてきたものである。疲れを知ることのなかった無邪気な時代はとうに終わり、諸君には想像もつかないだろう、起きていられないほどの疲れが襲う。意識のにぎやかさは息をひそめ、静けさが気づけないままにそばにいる。なけなしの顔が、そしてやつれた幸せが、滑り落ちていくような眠気だった。スイッチを切るように、目の前が暗くなり、奈落におちる！　抗うことは到底できない！　波はおだやかで、まだ力を隠している鷹のように優雅で、時間の巨大な渦が高速度で逆流し、そのなかにわたしは吸い込まれていった。

……ダンベルの重い頭。どれくらい眠ったのだろうか。深い眠りだった。ヘソが、あの大げさな海流に引きちぎられても、微動だにしない眠り。腹に永年にわたりついてまわるヘソが宙返りをしても、覚めない眠りだった。千年を一時間としても、たぶん五百時間くらいは眠っていた。……いやもっと気の遠くなるほどに長い時間だったようにも感じる。目覚めると、優しい大地はひまをもらい消えていた。見渡す限りの海。

大量の水にかこまれたわたしは、ゴミたちとともに生き、このうえなく小さかった。何度かの大きなシケと大雨の彼方、逆流して自分を見失った時間のなかで、わたしはたったひとりっきりで大海原に身を乗り出していたのである。

それでもいつでも、夜はやってくる。

——運命は水と風でできているらしい

水と言っても渇きを癒してくれる水ではなく、風はいつものことながら思い通りにならない
喉が渇いた、飲める水をくれ
渇きが襲う
するどい刃の渇きが、全身をちぎる
あたりは真っ暗で、月が輝いている
誰かいないか、もちろんこんな海だ
誰かいないか、話し相手がほしい
月明かり、風の音がする
誰かの声に聞こえないか、誰かの声が聞こえないか
いま、静かな風のうちに、穏やかな波のうちに
声が聞こえないか、風にその姿が見えたりしないか
渇きが襲う
黒
世界に投げ出されたわたし
月明かりに照らされたわたしの影

飲み水を差し出してくれる、誰かの影を見たい
気持ちよく眠っていたつもりが、いまわたしの首をしめる
時間だけがわたしの弁護士で、判決を待っている
天使でもあるはずのわたしは、翼がなぜかないから飛び立つことができない
あれさえあれば思い通りに
わたしは恥ずかしいほどなさけない姿で、海を漂い、眠りは過去のものだった
運命は水と風でできているらしい
けれど、この水は渇きを癒してくれない、風任せに進んでもなんにも見えない
わたしは流されつづけた、いつまでも陸は見えなかった
絶望の太い岩を抱いたつもりで、なにもできないままに
わたしは男でも女でもなかった
空腹だった
食べられる肉をくれ
ゆでたまごかなにかを
はじめから知っている、誰もいない
音を出すことさえ、不自由な空間だった

諸君、出来事というのは、いつでも突然やってくるものではないのだ。しかるべきとき、しかるべき場所に、それはやってくる。だから覚えておくといい、おまえたちの頭にその機能があるのなら。それは本当に一瞬のことだった。もしもわたしが諸君の王でなければ、いまここにわたしはいないだろう。それは、一瞬のことだった。

巨大な、見たこともないような巨大な黄色い鳥が、くちばしが真っ赤に染まったバナナのような、それでいて目がリンゴのような赤くまん丸の、そういう怪鳥《とり》が、判決を待つわたしのまえにかぶさるようにして現れ、その赤のくちばしで、わたしの体をつついてきたのである。リズミカルなくちばし。驚き、あくまで念のために、わたしはあらかじめ用意していた言葉を叫んだ。

「時が来た！」いや、もしくは「世も末だ！」

縦に串刺しにされる気分と地獄の火に焼かれる気持ちのはじまり。

ほとんどなにが起きたのかわからないような時間の中で、傷つき死ぬところでしたが、けれども、天使でもあるわたしは致命傷を負わず、そして、ものすごい瞬発力と忍耐力で、水のなかに落ち逃げたのです！

でも深く沈んでいくそのまえに、わたしはわたしを襲ったあの鳥とすこしだけ話をしたんだ。

いまのわたしには翼がないから、いつも大雨がついてまわるんだ。君が迎えにきた君の王はこんなところに沈んでしまうんだ。

　そんなことをつぶやいて、儀式のように沈んでいく。諦めることを知らない王が諦めようとするとき、あの鳥の悔しそうに鳴く声は水に歪み、体はいっそう重くなっていった。水は重たかった。急に冷たく凍えるようなレイヤーにたどり着いて、ふたたびわたしは意識をなくした。冷たくなるいっぽうの水、エアもないし、Buoyancy Control Device《浮力調整装置》もなかった。

　鳥は言った。

瓦礫のなかにわたしは安寧を感じることもある。だが、いったいおまえはなんだというのか。ただ、いる、ということになんの意味もない。感じるのはわたしであって、おまえはただの、はずみ、でしかない。存在が意味になるわけではない。おまえはただ、そこで悔しそうにすればいい。

　意味がわからん！

　誰か水をもってこい！

水だ！　早くしろ！

わたしは選ばれしものである、そのことを確信している。日のいずる土地のそのものである。きさまらのあいだでうわさになっているのを知っているぞ。わたしは言ってみれば耳が六十五個くらいついているからな。どんな小うわさも、ミミズの這う音も聞き逃さないことはおまえたちが身にしみて一番よく知っているだろう。どんな物音も立てることなかれ！　おまえたちは幾度となくわたしの眠りを妨害してくれた。歩く足の使い方さえ器用にできない野蛮なものたちよ！　直接わたしの口から聞かせてやろう。今日はおまえたちが死ぬにはいい日だ。そのはなむけにわたしの口から話してやろう。

日のいずる場所では、どんなささいな出来事にも、どんなささいな道にも、すべて名前がつけられ、完璧に、完璧な清潔さで制御されるのだ。道がひとりでに埃をはらい、汗が瞬間的にかわくように設計される。きれいな道がきれいな心！　そして、おまえたちのようなものは外に出ることは本来許されない。剝がれ落ちるものは捨てられる……。だからわたしに感謝しろ！　ここでおまえたちが好きに食べたり出会ったりできることを。享受の喜びを知れ！　諸君、掃除と清潔の意味もわからないようなかわいそうな者どもよ！

いまや諸君があたりまえに受け取り預かっているものが、どれほど建築困難なことであったか、諸君は知らない。諸君にとって、わたしという存在と出会えたことこそこの世の最上の喜び、宝物だ！　たくさんの時間が過ぎた。その困難さは語り尽くせない。血の涙を流し、おまえたちに、わたしはどれほどの、恩恵をもたらしてきたかと思うと、汚れのない涙がちぎれそうである……。

　もちろん、わたしはわたしが王である、この場所を評価している。あえて言うなら、けっこう気に入っている。景色！　空気！　……もちろんわたしの理想に比べればとるにたらないが、しかしこの場所にしか生まれない木々がならび、赤い光でしか見ることのできないコウモリが枝という枝にとまっている。コウモリたちはわたしのため、休みなく乾杯の音頭をあげるのだ。

　空はいつものとおり快晴で、夕方にはすこし雨が降るだろう。なだらかな傾斜の丘から見下ろせば、数々の命が友人のようだ。緑の中に青や赤や黄色の花、蜂、そしてわたしのお気に入りである、無数の時間を行き来しながら歩くヤドカリである！　ヤドカリの甲羅を撫でればあいつは頭を隠し、しばらくすればまた頭を出して歩き出す、黄白色の宝物だ！

　あんなに憎く怯えた海の水は、浜では穏やかで、天然の湾を持っている。あのとき、暗い海に消えたわたしがいったいどうやってここにたどり着いたか、わたしには知るよしもない。わたしの体は膨張し、ずぶ濡れ、ほとんど酸素がなかった。けれどもわたしは持ち前の強靭な精神と足腰でふたたび起き上がり、叫び声をあげたのだ！　ひどく重くなってしまった体であたりを見回すと、茶緑の木々と黄青の空とが一本の楊枝で貫かれたような、そんな見たことのない景色が、波に運ばれていた。問題は、ここがいつなのか、ということであった。

浜に打ち寄せる波を見つめながら、涙の耐えない孤独の時間と渇きに耐え、途方に暮れていたわたしが、おまえたちの最初の長であった第1号と遭遇したとき、わたしはひどく感動し、非常に礼儀正しく、丁寧にこう話しかけたのだ。

ようやく出会えた、人間に！　はじめまして。おまえが誰だかわからないものの、わたしは日のいずる場所の輝ける天子さまであるからして、なるべく丁重に扱ってください。それから水を一杯いただけませんか？　喉の渇きが地の渇き。地の渇きは天の渇き。真水があれば、いまはそれだけでいいのです。ここはどこであるか、わたしには見当もつかないのだが、どこでしょうか。この太陽のいかれた感じは、察するに南のほうに思われるが、実際のところどのへんなのか。おまえはいつ来たのか、ここに。いつから住んでいるのか。おまえのほかにも人間はいるのか。

記憶は生ものであるから、多少の誇張もあるでしょうが、おおむねこういった具合にわたしは丁重だった。そしておまえたちの長であった第1号はこともあろうに、——のちにわたしは第1号がおまえたちのさみしげな集落の長だということを知ってこれまた驚いたわけだが、よりによって、おまえたちの長が、まったくと言っていいほど言葉を解さない未開の人間であるという事実、わたしはやや時間をおいてこのことに気づき、それはまるで空から放たれた無限の矢に射抜かれたような驚き、それはそれは深い夢のなかまで侵入してくるような驚きであった。わたしはいったいどこで、いつにいるのか。身動きが取れないままで。

それから、おまえたちの鼻水のように情けない長は、動物のような鳴き声をあげ、ぶつぶつ意味をなさない音を発しながら、足踏みを始めた。なにしてるんだ！　すると上空、雲のかげから、あの暗い海でわたしを襲ったのとおなじ黄色の鳥が現れ、そしておまえたちの涙なしでは語れないほどの情けなさをカバンにいれて持ち歩く長は、その鳥の真似なのか、またしても鳴き声をあげ、そのまま震えだし、目のチカチカするようなすばやさで裸になり、そして飛び跳ね、走り回り、砂に足を取られて転び、砂を掘ってそこに隠れようとした。

ところで、許しがたいことに、あの鳥はまた挨拶もなく、わたしをてくてくとそのくちばしでつつきだし、自由に飛び回った。砂浜から岩場へ、苔むさずの岩から苔むさずの岩へと飛び回り、芝生を踏み殺して森に逃げ込み、そして言った！

わたしの自由に飛び回れる翼について嫉妬するならば、おまえは考えを改めなければならない。大地に根ざすものを優遇するのが本当に正しいのか、いま一度おまえの常識を計り直さなければいけない。

非常にひとりよがりな、狂気のサーカスのような鳴き声を発して、鳥はどこかへ消えた。と、息も絶え絶え、おやすみもつかの間、森の中、数年は経とうという落ち葉のしたで神々しい光が輝き、そこには三千年ほどは生きたと思われる大蛇がいるではないか！　わたしと蛇は見つめ合ったまま、しばらく抱き合って眠るように、この世のものとは思えない時間を過ごした……

やがて蛇は言った。

同様に長く生きるものとして、感謝するよ。だって君がいなければいまの自分もいないんだから。

感謝は日々の生活では忘れてしまうんだ。だからたまにこうやって、言葉だけでも発するんだ。敵から逃げることだけが本能に用意されてるんだもの。

蛇に褒められた！　そして蛇は消えた。

唾を吐く。

それからのことはおまえたちもよく知っているとおりだ。わたしは第1号を砂の穴から引っ張り出し、仮死状態の第1号を蘇生してやった。そしてできない意思疎通のために時間はかかりましたが、しかし、地道に言葉の喋り方を授け、その後にようやく諸君の存在を知り、期待はしなかったがやはり言葉の知らない諸君のために学校を建築させ、まず話すことを教えた。言葉という文明を。それから名前を持たない諸君に、名前よりももっと実用的な番号をふってやった。おまえたちのような野蛮な顔は見分けがつかないのだから！　番号の意味を教え、数の数え方を教え、おまえたちはすっかり数字が好きになった！　無邪気な笑顔で、互いの数字を読み上げ合う。美しいじゃないか！　そうさ、美しいことはすべてなんだ。この銀河において、美しさが余ることはない。美しさのなかで、目を閉じてみれば、いつもおまえたちのそばにわたしはいる。だから、いつだって大切にしろ、美しさを大事にする心を。

そうさ、この島は美しい。自分でいうのもなんだが、信じられないほどに輝き、きれいだ。細やかな魚の群れのように、穏やかな波のように、夜中に上陸する花みたいなカメのように、ここで見ることができる景色が、わたしは好きだ。第2号、第4号、最初の生徒であるおまえたちは、学校で手作りの机を並べて、肩を寄せ合ったな。いつまでたってもうまくできないおまえたちを、厳しく根気よくわたしは指導してやった。そして不注意からすぐに怪我をするおまえたちのために病院まで建築させてやった。みんな張り切って、そしてすぐに飽きて、建築材を投げ出す第8号、第16号、おまえらをわたしは見逃さなかった。死にたくなるような激しさで、わたしはおまえたちを叱り飛ばし、労働させた！けれどすべておまえたちのためだ、おまえたちの病院のためなのだ。おまえたちは初めて汗をかいて労働することを覚えた。あの汗を忘れてはならない。そして、治療というものがいかなるものか、自分の経験に真っ向から挑み、四次元さまよう記憶をつかまえて、素人でありながらもそれを感じさせない本気の自然治療をしてやった。見よう見まねでクスリを生み出し、処方してやった。初めての空飛ぶような体験に興奮してよだれを垂れ流し、クスリをやめられなくなった諸君を見て、わたしは涙が止まらなくなり、天使でもあるわたしは大きな台風を呼びつけて、愛と欲望のムチを打たせた。無知なおまえたちは、どうしても、痛みを知るところから始めなくてはいけなかったのだ！　おまえらを打つたびに、わたしの心臓が打たれた！

森を切り開き、そこを運動場にさせて、体力の向上にもつとめた。すぐに休もうとするおまえらを厳しく監視した。蔦《つた》で足首を縛り、水攻めにもした。競争はやがておまえたちの栄養になった。足の早いものが次々に現れ、その足で人のものを盗むものまで現れた！だから、わたしは監獄を組織しなければならなかったのだ！　それは、しかたのないことだったのだ！　監獄は本来ひとりひとりの心に植え付けられるはずなのに。しかし、木は切られ、監獄は設計された。すべてはわたしが指揮したのである！　本当なら、どれだけの「わたし」が必要だと思うのか？　ひとりでは到底追い付かないような仕事量をこなし激務の毎日だった。とてもとても、大変だったなあ！

わたしはいつも考えていたのだ。悪夢でも追いつけないくらいに愚かな諸君に、ほんのすこしでいい、知能と呼んでも恥ずかしくない教養を持たせるためにはどうしたらいいのか。第32号よ、おまえは覚えているか？　わたしが思い立ち、秘密裏におまえを呼びつけ、畑をつくらせた、あの最初の日を。あの日は今日のようにやはり晴れ渡る空でわたしは最適な日を選んだと思っていたが、しかし急に豪雨になった。

ああ、いじわるな神よ！　素晴らしい思いつきを実行するその日を選んで、もしも雨を降らせたのなら、わたしは神を信じない！　男のかたちをした嘘つきよ！

それにくらべて、激務の日々であっても、注意深くすばらしい素質のために、わたしは思考をやめることはないのである。雨に濡れて顔面から涙が引き離されても、わたしは確信していたのだ。おまえたちに知能という、もっとも根本的で尊いものを植え付けるためには、どうすればいいのですか。そうさ、それは、食べるものを変えることにある！　食を替え、体を入れ替えるのだ！　畑は食物の学校だ！

第32号、おまえとわたしは、畑をつくるという一大事業に張り切り、みんなには内緒にしておいて、完成してからそれを見せて驚かせようとふたりで盛り上がった。

けれど第32号、おまえは畑がどういうものかわからず、そこで小便を垂れた。わたしの偉大さに恐れおののき、怯えた結果の失禁だったのか、それとも信じられないほどに、非礼なやつなのか。畑のどまんなかでおまえは気持ちの悪い笑みを浮かべながら、立ったまま、小便を垂れ流した。あのときのおまえは意味不明な音を立てながら、放尿した！

……静粛に！　静粛にできないのなら、わたしを殺せ！

そうだ、おまえたちにわたしは殺せない。あの鳥がわたしを殺せないように。しかし第32号、おまえの放尿は、けれども、それが結果的であっても、それは間違いではないのだ！　ちょっと悔しいけれども、おまえの小便は肥料になる！

皆の者、落ち着け！　もちろん、それはなにも伝説の第32号だけではない。喜べ！　ここにいま戦士として立つものたちよ！　おまえたちの小便はすべて肥料になって野菜を育てるのだ！

けれども、第32号！　やはりおまえは畑がどういうわけかわからず、海でとってきた黄色い魚を植えたり、わたしが何度も注意したのにもかかわらず、成長してきた苗を取り出してぶん投げたり、雨が降った日こそ巡回が必要なのにもかかわらず、みすぼらしい家のなかで寝そべって、自慰にふけったりしていた！　なかなか育たない野菜！　3回目の季節がやってきて、ようやく育ってきた野菜たちを見て、おまえはわたしを抱きしめた。ここに来て初めて、わたしはおまえたちのことを理解し始めたと思った！　翌朝、変わり果てた畑を見るまでは。第32号、おまえが夜のうちに野菜を盗み、ひとり、便所で大根をかじるのを見るまでは！　わたしはおまえを地の果てまで追う覚悟だった。おまえを追いかけ、島を何周もするくらいにわたって鬼ごっこをした。鬼を喰い殺したような顔でわたしは追いかけ、鬼に踏み荒らされたような顔でおまえは逃げた。そして焦るおまえは、天平《てんぴょう》丘《おか》の向こうの陣痛川《じんつうがわ》に落ちた。川からなかなか上がらないおまえ……。

時は流れた。もう二度とおまえを目にすることはないのか。じっさいわたしは諦めかけたわけだったのだが、すると第32号よ、川から現れたのはおまえではなかった。あれだった。

この川におまえが落としたのは、金の人間か、それとも銀の人間か。固有種か、それと

も外来種か。おまえが怖い。いつかおまえがわたしの皮を剝ぎ、競売にかけ、肉を川に捨て、目玉をアクセサリーにしてしまうかもしれない。わたしの配偶者や子どもや親を殺して焼いてしまうかもしれない。永遠の川底で、終わらないディスカッションを始め、言語を理解せず、やさしい顔をして、いつまでも過去の自分のふがいなさにしがみつき、わたしの乳首をちょん切り、愛撫をかまし、役人風の出で立ちでにやにや笑うかもしれない。終わらないごっこ遊びと、濡れた幕。素潜りの人が、酸素を集めながら、にやにやそのさまを見ている、おまえがわたしを好きにするのを。とんちんかんな言葉をつかって、とんちんかんな腕の動きをするのを。

わたしにはいまだにこの老いたワニがなにを言いたかったのかはわからない。誰かと間違えているんじゃないか。年も取りすぎるとろくなことはない。まったく馬鹿げている。おまえをこの川にいさせてやっているのは、ほかならぬ王であるわたしでなのである！そんなことにも気づけずに、なにが長生きだ！

一万年は生きただろうワニはたくさんしゃべり、疲れたのか、陸にあがってきた。それはひどく怠慢な動きで背中には苔が生え、まぬけだった。ワニは歩くたびに、口のはしから緑と赤のよだれを垂らした。午後の太陽が赤くて厳しい。そんなときだ、あいつがやってきたのは！

誰か火を持ってこい！

わたしの犯してしまった失敗の、罪は深い。古ぼけたワニが第32号を食ってから数日も立たないという、雨上がりの午後。ヤドカリの浜でなにやら、おまえたちは集まって騒いでいるではないか。集会の禁止されたヤドカリの浜を荒らすことは許されない。気の立っていたわたしはおまえたちを解散させると、そこには、のちに白三郎と名乗る、見るからに流行りの香水を振りかけた男が、浜に打ち上げられていた。

終わりそうな息を大事にかかえ、白三郎は砂を食っている。わたしはこのときピンと来たんだ。こいつもきっとあの鳥から海に逃げ込んで、ここにやってきたのだと。この世のトンネルをすべてつなげても、わたしの親切心には遠く及ぶまい。わたしは白三郎を病院に運ばせ、命令を下した。第64号でも誰でも構わないから、水を飲ませてやれ、それがそいつの求めていることのすべてだから。わたしには寸分たがわず、そのことがわかるんだ。けっして妙な宗教心から白三郎を川に連れて行って、あのワニに喰わせるなよ。あんな老いぼれはもう死ねばいい！

白三郎は三日三晩眠り、献身的な介護は続けられた。でっぷりとした白三郎の腹には、花の模様がついた鋼の剣《つるぎ》が巻き付けられていた。第64号が珍しさのあまり、盗もうとして右指を全部切り落としてしまうほど鋭利な剣で、それ以降、誰もが怖がって、剣を盗もうとするものはいなかった。そんなこんなで、愛情豊かな繊細さで寝ずの番が継続され、その結果、諸君、あれは悲劇だったとしか言いようがない！　すべてはこの島における全権を引き受けたわたしの責任、わたしの不注意によるものだった。すべてを司る天使の名において、わたしはあの事件を残念に思っていることを、ここに表明する。わたしがもっと多くのわたしを欲した結果の、悲しい過ちである。いや、白三郎の、悲しい涙である。

あの日、白三郎が目覚めた夏の、日差しが苦情を言うあの日から、赤く苦しい思い出しか残らないあの日から、我々は困難の日々を過ごすこととなった。すべては大きく変わった！　ものを食べる音が歯の隙間から絶え間なく聞こえてくるあの白三郎は、巧みな語り口でおまえたちの心をつかんでいった……。おまえたちひとりひとりの髪を撫で、くさい息を吐きかけながら、あの空の向こう側になにがあると思うのか。いつかおれと一緒にあの空を飛んでみようじゃないか。そう言っておまえたちを惑わせた。そもそも、空ははじめからわたしのものである！　空を飛ぶことのできる特権は、そうやすやすと誰にでも渡されるものではない。

おまえたちは馬鹿なことに、自分たちが無能であることにさえ気づかず、自分の背中には翼があるものと信じ込んだ。その結果どうなった！　心酔とはまさにあのことを指しための言葉なのだろう。おまえたちはその気になって、ありもしない翼を褒め合い、空を飛ぶために雨を嫌い、雨季の雲を遥か彼方に追いやった。命の源である、大事な雲に三行半をつきつけるとは！　わたしたちが独占するはずだった低気圧は西や東に流れ、大きな台風を作った。そしてどうなった！

……これは、おまえたちがいかに流されやすいかがよくわかるいい例である。このことは、負け惜しみではなく、心の底から、わたしはいい勉強になったよ、こんにゃくの君たちよ！　流行といえば聞こえのいいフレーズに騙され、翻弄される哀れな猿だということを自覚しろ。

白三郎は持ち前の人懐っこさで、すぐに島内一の人気者となっていた。新参者のくせしやがって！　わたしがとんでもなく気分を害したのは、島に四季があるとすれば、おまえたちの重要な食料源でもあったクジラが潮を吹く、怒号の冬の始まりに、といっても、けっきょくのところ夏とたいして変わらない太陽の日差しのなかでのことだが！　あいつが第１２８号を妻とした、そのことだ！　諸君も知っているだろうが、第１２８号は珍しく目鼻立ちの整った美しい女だった。わたしは密かに憧れていた。細い線の体に日の光を反射する弾力のある肌をしていて、バッタのような鳴き声でわたしにささやくのがお気に入りだった。それにもかかわらず、それを自分のものとして独占するとはなんと図々しい男だ。資源はすべて自分のものだと言わんばかりだ。わたしにはもはや一刻の猶予もなく、できるだけ迅速に第128号を元どおりに、いや島の秩序を元どおりに、取り戻す必要があったのである！　取り戻せ！

わたしは、わたしの奴隷である第256号を連れ、偵察に向かった、おまえらがなにをしているのかを調べるために。なあ、諸君、いったいなにをしていたと思う、君たちはいったい？

おまえたちにはわかるものか、おまえたちがあそこでなにをさせられていたのか。腰にあの剣をさした白三郎に下手くそな言葉でおだてられながら、いったいなにをやっていたのか。おまえたちには想像もつくものか。

白三郎の陰謀を偵察したとき、そこに広がる信じられない光景を見た。景色はいかさまで、この両目は腐り、地獄の声を聞いているようだった。野蛮な民は惨殺山のふもとのサトウキビが背景に広がる広場で、白三郎を中心にして、体を近づけて、なにやら民族的なにおいのする踊りを練習していたのだ！　恍惚の表情で、腰を中心とした動きに互いの汗を染み込ませ、にやにや気色悪い表情をしながら、たがいの尻をぶつけあっていた！　空洞化した丸太を楽器代わりに叩き、でたらめな音楽を奏で、白三郎は第128号とはしたない白の衣装を着て、手を握って踊っていた！　こんなところで集会なんかして、ここそこそしやがって。

サトウキビの葉が風に揺れる中、白三郎は音楽をとめ、踊りをやめ、話があるんだ、と言った。なんだ、と聞けば、ここの天然のサトウキビは素晴らしい、成長も早く、糖分も豊富だから、これを島のみんなで収穫しよう、と言う。それでどうする気なのだ、と聞けば、みんなの収穫を持ち寄って、近隣の国と貿易をしたらどうか、と言う。それはともかくこの踊りはいったいなんだ、と聞けば、ぼくはこの島を愛しているし、この島の伝統的な踊りも素晴らしいと思う。最近はめったなことでは踊らないらしいけど、それはどうして、もったいないじゃないか、もっとたくさん踊ろうよ、輪になって。貿易を始めて、いずれいろんな人たちがこの島にやってきたら、この価値ある踊りを見せてあげようじゃないか。などと言うのである。

わたしの民を誘導するな！　伝統はいまこれから作るのだ！　時代遅れになって消えていくものに手を差し伸べるな！　古い価値観に遠慮するな、それらは勝手に消えていく。わたしが正しい価値を植えるんだ！

だから殺すことにした！　これ以上、こいつの発言権を増長させてはいけない。第256号がひそかに剣に憧れているのは知っていたから、白三郎を殺せばくれてやると言って協力させたのである。すべてはおまえたちを思ってのことだったのだ。白三郎の暴走に気づけなかったわたしが責任をとったのだ。すべてを前の通り一直線に戻す必要があった。

ある、一日が伸びようとする日、珍しい岩があるから見に行こうと言って、第256号は白三郎をつつしみの浦に誘い出し、岩はどこなんだと興奮する白三郎を、遠目から適当な石を拾って投げつけるという、いま思えば極めて古典的な方法で、わたしたちはついにやった！

上空ではまたあの鳥が飛びまわり、不快な声で鳴いた。

太陽に近いものが近く、遠いものは遠いままだ。おまえがいくらかたちを変えても、わたしにはおよばない。

黙れ、鳥！　わたしたちはどちらが白三郎に致命傷を負わせたかについて議論し、退屈な時間の果てに、最終的には白三郎はひとりでに死んだ、ということに落ち着いた。馬鹿な白三郎！　なぜその剣を使って反撃しなかったのか！　第256号のほうは石なのに！

そして、日は暮れた……。

いいかげんにおしゃべりはやめろ！　これで何度目だ、わたしがこれを言うのは。

おまえたちはまだ懲りないのか！　白三郎にだまされて空を飛ぼうとした、あの日々に逆戻りするつもりか！　あれだけ注意深く行動しろと口を酸っぱくして言ってきたのに！
わたしはもう我慢の限界だ！
おまえたちは、本当に馬鹿野郎
なんにもなりゃしない
どれもこれもが妙な顔をしやがって
価値などない、おまえらの価値はない
間違いばかり探して、足を引っ張って
それでおまえはなにか？
この馬鹿野郎
誰もそう言ってくれなかったんだろう
だから代行してやる、わたしが代表して言ってやる
本当に救いようがないやつらだ
いつまでも目の前のゴミにとらわれて、くだらない夜遊びばかり
おまえたちはいつでもそうだ
くだらない悩みを、意味のない語りを、吐き出したくて川に行く

不安を抱えきれずに飯を食う
猫をおいかけて、それでどうなったんだ馬鹿野郎
口から猛烈な屁をこき、訓練中だと嘘をつき
足をあげてふんぞり返ったカエル野郎が
どうしようもない
無価値さを教えたところで、お花畑が燃えるだけ
毎朝勝手に咲いて勝手に枯れる雑草たちが！

白三郎が死んでから、どうにも騒がしくなってきたのだ。あのとき、空を飛ぶためにおまえたちが追い出した大自然の暴走族である、あの低気圧は、周辺海域に巨大な台風を作ったので、多くの船が台風をさけ、この島に立ち寄るようになった。鳥はいつも船に並走して飛び、妙な鳴き声をあげ、クジラは捕鯨船に狙われた。

……またしてもあの鳥の不快な鳴き声が聞こえる。化け物の鳥め！

……いや、これはあの音か。あの音は嫌いだ。もちろん、心も高鳴るわけだが。わたしは行かなくてはいけない。わたしは呼ばれている。だが、わたしは隠れない。未来のために、いまここでくじけるわけにはいかない。おまえたちはここに残って戦いの準備を続けろ！

諸君、止めるなら今だぞ！　ここでわたしが行ったら、二度と戻ってこれないかもしれない。おまえたちを指導するものがいなくなる。それでもいいのか！　この地で最上位に位置する王が、おまえたちのもとから消えて、それで本当にいいのか。困らないとでも思っているのか！　ほらもう一歩あるいた！　もう一歩おまえたちから遠ざかった。本当にいいのか！　もちろんわたしはどんな困難でもひとりでやっていける！　切り抜けることはたやすい！　できる！　当然だ！　いいんだな、本当にいいんだな。ほら、もう十歩あるいて、十歩遠ざかった。わたしは本当に親切心で言っているんだ、おまえたちのことを思ってだ。もちろん、わたしはなにも悲観していない。いいんだな、ちくしょう！　誰も止めないんだな！　かまわない！　じゃあ行ってくる。

もう五十歩も歩いたぞ！　おまえたちから確実に遠ざかる王様！　秩序を支配する存在がいなくなって、地はひび割れ、おまえたちはなにも頼りにできなくなるんだ。そこから始まる混乱がおまえたちを破壊する。あとになって泣きべそかいても知らないぞ！　カオスに首を締められるおまえたちを、空高く高みの見物してやるから覚悟しろ！　愚か者どもが！　本当に行くぞ！

本当に後悔しないんだな！　後悔先に立たず。わたしはもちろんかまわないし、むしろここから去ることを喜んでいるくらいなんだ。じゃあ、本当にいいんだな。寂しくないいんだな。わたしがいなくなっても。泣かないか？　もう百歩も離れたぞ！　残されるものの辛さを知っているから同情しているんだ。ちくしょう、本当にいいんだな！　じゃあ行ってくる。すぐ戻る！

王は去らない。音は大きくなり、兵隊たちは震え続ける。あたりは暗くなったり明るくなったり、暑くなったり寒くなったり、大雨が降ったり急に晴れたり、季節や天候がめちゃくちゃになってしまう。王はいったん収縮したあと、ひどく膨張する。大きくなりすぎた音が王や兵隊の存在を消してしまいそうになり、慌てて音は小さくなる。それから突風がすべてのものを吹き飛ばそうとして途中でその気を失くし、去っていく。それを見送ったあと、完全に無音の時間が流れる。それから、王は兵隊たちを鼓舞する。兵隊たちは細かに震える。

諸君、喜べ！　堂々たる王の帰還である！　歌え！　さあ、いまこそ嵐を呼び戻せ！　追い出した嵐を！

今回はほんのわずかしか動けなかった。もうすこし勢いよくてもいいと思うが……。まだまだ忍耐がいるのか。前回はとても大きいものだったから、残念である！

諸君、おまえたちの先祖は前回、あの揺れに驚き、わたしにすがりついて、不器用な涙と鼻水で、助けを求めた。わたしは正直に言うと、それを軽蔑の目で見ていたのである。わたしが全霊で取り組んだ教育はなんだったのか。びくびくしやがって。いくらいつも安定していわたしだからといって、そういうときもある。戦士たる者すべてに備えておかなければならない。王が不安定なときこそ、おまえたちがしっかりしろ！

それに比べて、若き宝石とも言えるジョンは立派だった。大海原を相手に戦いを挑む漁師の子であった。おまえたちが追いやった低気圧の影響で、ジョンの乗った頼りない漁船は沈みかけ、操作できなくなった船はわたしに引き寄せられた。そして、つつしみの浦の崖にぶつかって壊れた。

命からがら上陸を果たしたジョンは、それからしばらくのあいだ、物珍しさに石を投げてくる第512号たちから逃げ、草を食って生活した。夜に徘徊し、第512号たちが大事に保存していたクジラ肉の倉庫に忍び込み、盗み、それに怒った第512号たちが、武装し、石をたくさん集めて、ジョンを追いかけまわす、ジョンは平和を呼びかける、という泥沼の戦いが続いた。ジョンは、クジラ肉から得たタンパク質と鉄分で、縦横無尽にわたしの土地を走り回り、陣痛川では一万百歳になっていたあの死に損ないのワニの背中を歩き、川を越えた。第512号たちはそれを見て、さらに頭を沸騰させたが、ジョンと同様にはしなかった。

哀れ、第512号よ！　屍のようなワニにひざまずき、頭を抱え、ワニの声を聞かないように、それでワニに忠誠を誓ったつもりなのである！　あのとき、あのワニは、なにも言わなかった。もしも言ったとすれば、たった一言こう言っただけである。

背中がお腹のようで、頭は雷のようにうるさい。

なにを言ってるんだ、馬鹿め！

ジョンは、空腹から来る本能によって、頻繁にワニを呼び出しては、なんとかそれをものにしようとしたが、ワニの老いぼれでありながらも逃げ足の機敏さに翻弄され、それは叶わず、絶望のあまりつつしみの浦の烏帽子《えぼし》岩に飛び乗り、苔をむしり食べながら、しぶきをあげる水の向こうに叫んだ！　自分は魚をとりたいと！　けれど釣竿がない自分は無力だと！　船をつくることもできないこの両腕なんていらないんだと！　その叫びは一直線に加速し、東の海からクジラを追って数海里離れた海で蛇行していた捕鯨船に届いた。不穏な音と匂いを発する捕鯨船ティアラは、ジョンの力強い声に引き寄せられ、わたしに近づいてきたのである。

直後、ジョンが苔に腹を壊し、声を枯らし、もうどうにもならない残り一ミリの命となったとき、それを捕鯨船の船長だったギリェルモが助けたのである。わたしは船長ギリェルモのことはよく知らないが、船長は岩に同化しかけていたジョンにパンを与え、わたしは船長ギリェルモのことはよく知らないが、船長は岩に同化しかけていたジョンにパンを与え、ジョンはその恩のために一生懸命働いたので、それをギリェルモは気に入って、自分の国に連れ去ったのです。

諸君、けれども安易な絶望は無用である。何事にも副作用というものが存在することを忘れてはいけない！　偶然であるということも、世の中の道理を考えてみれば、それで済む話なのである。海の独裁者であるギリェルモの船内運営に嫌気がさしていた、新たな登場人物のクリストバルとラナルドは、仕事の過酷さとその危険さから、許しを乞い、船を降りた。

あのふたりは、石をつかんで警戒するおまえたちに、新しい製法をつかって調理した、亀や海老やイワシを差し出したので、われわれはそのとろける味に驚いたのである。彼らのフレンドリーさはわたしたちの心をふたたび外へと引っ張り出してくれた。その人懐っこい笑顔と珍しさのあまり、島の皆は彼らと挨拶したい一心で、彼らの言葉を学ぶことにしたのだ。

星がさまざまな時間に生きて死ぬこの世界で、ふたりは非常に物知りだった。故郷を離れ、たまに捕鯨船に乗りながら、世界を旅している人間で、クリストバルはドメニコの子で、ドメニコはバルトロメの子で、バルトロメはバルトロメウの子で、バルトロメウはディエゴの子で、ディエゴはときおり星を動かしては季節を自分好みに変えたという。

ラナルドは大陸の出身であるが、母親がどこかの島の出身だということで、自分の根っこになにがあるのか、自分がどこの土につながっているか、探索したいんだ、と熱っぽく語り、涙ぐんで捕鯨船から持ち出した蒸留酒を飲み干した。

クリストバルとラナルドが、わたしたちにわたしたちの周辺の海のことを語って聞かせてくれたのは、誰かを急に刺したくなるような美しいオレンジの夕暮れに、わたしたちの故郷である海へハイブリットな小舟をこぎ出し、静けさの波に優雅に漂っていたときのことである。百万の太陽に背後から照らされて、火を見るときのような穏やかさに支配され、わたしは、わたし自身のことを学んだ。ここは、大陸から二十ノットの船で約一日かかる距離に位置すること。北に二つ西に三つの小島を抱え、島嶼《とうしょ》群を形成し、その中心で、水が唯一ある島だということ。かつては、人間の言葉を理解する動植物が多く生息していたこと、そしてそれらはもう絶滅しかけているということも。

第1024号は、手近な木々や小動物に話をさせようと試みたが、なかなかしゃべらないので我慢ができなくなり、夜の海に飛び込み、指を怪我した。

彼らは非常にさまざまなことをわたしたちに教えてくれた。必要と思われる情報を一通り集めたので、まずラナルドのほうを保存用に燻製にし、クリストバルをミンチにして、食べた。残った部分は、神聖なクジラに彼らがやるような方法で、沸騰したお湯に入れて、油を取り出した。そして、いつのまにか増えていた、別の文明人たちにそれを売り、そのおかげでいくらかの石鹼や歯磨き粉といった近代的なものを交換できるようになったのである。

それから、新しくやってきた人間たちが靴を履いて自由に道を行き来するのに、すこしばかり居心地の悪さを感じるために封印していた焚き火を、楽しんだ。おまえたちの笑顔をひさしぶりに見た気がして、わたしも安寧の気分だった。火は不思議で、どんな時代でも火を見つめていると心が静かになる。闇のなかに君たちひとりひとりが浮かび上がり、呼吸の音と、あの思い通りにならない風の音だけが聞こえていた、あの時はまだ!

唾を吐く。

そして、数年が一瞬にして過ぎたのである!

前回の地震のあと、わたしが新たに用意した砂浜が見つめている沖のほうに、黒い煙があがり、爆発音が数回鳴り響き、あの黄色い鳥がこれまでになく大きな声で鳴いた。けれども、もはやなんの意味もなかった。少々の間をおいて、タウゼントとジョンと名乗るものたちが、わたしたちの蜜月の空間に上陸した。

わたしは、彼らと接見した日のことを忘れることができない!　彼らは大王として君臨するわたしの元を訪れ、わたしの威厳の光に目がやられてしまったように目を細めながら、世界の人気者であるわたしに、深く敬礼し、よくわからないが、おそらく宗教心か敬意の表れであろう手の動きをねっとりとしてから、話し出した。ちなみに通訳には、ジョンがタウゼントの言葉をクリストバルとラナルドの言葉に、そしてその言葉をわたしの言葉に訳すのには、クリストバルとラナルドの言葉の習得に異常なほどの執着と性欲をみせていた、第2048号がついた。

タウゼントなるものが言うには、

In preparation to govern this island, we shall stay here for a while and conduct a survey. Tell us what you know about this island.（わたしたちはしばらくのあいだ、統治の準備としてこの島に滞在し、調査を行うつもりである。おまえたちがこの島について知っていることはなにか。）

そして、ジョンがクリストバルとラナルドの言葉に通訳する。

Vamos a pasar un rato en esta isla para establecer el gobierno y a investigar todos los lados de aquí. Cuéntennos de esta isla, de lo que ya saben.

第2048号は困惑しながらも、わたしに伝える。

わたしは答える。

……そうかい、わざわざわたしの姿を見たくてはるばる海をやってきたとはご苦労であった。寝床はあるのか。もしよければ、わたしの民が素晴らしい速度で、しばらくおまえたちが優雅にわたしを楽しむことができるよう、寝床を作ってやろう。しかし、もちろん知っているだろうが、王であるわたしを欺くことや、わたしの機嫌を損ねてまで、妙な動きはしないことだ。天使様でもあるわたしの目をごまかせるとは思わないほうがいいだろう。この忠告はわたしの深く切ない親切心のために出たありがたい言葉であるから、ありがたく受け取るように。

第2048号はそれを訳せない。身振り手振りでがんばる。

ジョンは黙ってうなずく。

タウゼントは、わたしのエビが拍手しそうなほどに親切な対応に満足したのか続ける。

How long have you been living on this island?（どのくらいのあいだ、おまえたちはこの島にいるのか。）

ジョンはクリストバルとラナルドの言葉に通訳する。

¿Cuánto tiempo han vivido aquí?

第２０４８号は泣きそうになりながら、わたしに伝える。

わたしは答える。

もちろん、最終的にはわたしの判断するところではあるが、おまえたちのヘソが空を飛んで雨を振らせないように、満足のいく食事を出そう。残念ながら料理人と呼べるものがいないので、そこは期待しないでいただきたい。以前は非常に優秀な料理人がいたのだが、いまはもういない。その代わりに上等な燻製肉をすこしわけてやってもいいが、それにはおまえたちの態度次第であることは念のため言っておかなければならない。しかし、あまりけちなことを言ってもしょうがないから、すこし分けてやるよ！　第２０４８号、ラナルドの燻製を切ってもたせてやれ！

第2048号はそれを訳せない。とりあえず薫製肉をジョンに渡す。

ジョンはにやりと笑って肉をかじる。

タウゼントは続ける。

How many people are living here? And where are you from?（移住者はどのくらいいるか。また、おまえたちはどこから来た者か。）

ジョンは通訳する。

¿Cuántas personas han emigrado aquí? ¿Y de dónde son ustedes?

第2048号は石になる。

We are prepared to give you the nationality of our country, if you wish.（我が国の国籍をおまえたちに与える準備があるが、希望するか。）

Les daríamos la nacionalidad de nuestro país a ustedes, si la quisieran.

む……。

ほう……。

We know that you have been living on this island for a long time, and we shall see to it that you can continue to live the same way.（おまえはここにもうずいぶんと長いこと住んでいるとのことだが、わたしたちはおまえたちの生活をこれまでとおなじように送れるように取り計らうつもりである。）

Sabemos que ustedes viven en esta isla por mucho tiempo, y les dejaríamos vivir con el mismo modo que ahora.

たわごとはよせ！　わたしの油のことか！　燻製はわけてやってもいいが、あれはわたしに所属するものであり、外貨獲得のための重要な資源であり、同時に、今後はさらに新住民が増え、周辺諸国との重要な外交手段として機能するであろうから、政治的に非常にデリケートで、そのような話を気まぐれにやってきたおまえたちにするつもりはない。こちらとしては、必要に応じて、必要な分だけ、油を売ってやることはできる。考えてもいい。けれどそれは、慈悲の心から出るもので、交渉はしないほうがいい。わたしはおまえたちをどうにでもできるのだから！

……気の重くなるような、タウゼントと第2048号の沈黙と睨み合い。息を吐き、肩の力を抜き、ため息をついた。飲み込みの早かったタウゼントは怪訝な顔をしながらも、納得したのである。ジョンは、おそらく一万百五十年生きたワニと勇敢に戦ったあのジョンだと思うが、リンゴをひと嚙みしながら、ニヤニヤこっちを見ていた。なんだこいつは？　タウゼントからいっさいの貢ぎ物はなく、そのままニヤニヤしたジョンを連れて船に戻っていった。

しかしながら、あの二人はよほど気に入ったのか、いつまでも帰る気配はなかった。次々と、二人の祖国である、けちな新興国から、たくさんの移住者が移り住んできて、活気づいた。大小さまざまな家が建てられ、麺をつゆに入れた食べ物を出す店や、椅子に座ったまま無防備な状態で、他人である人間に、背後から髪を切られるという趣味の悪い店まで現れた。勇敢さでは右に出るものがいないと言われた第4096号が、意気勇んでこの店に行ったが、五分と持たずに叫び戻ってきて、知らんぷりの口笛をふいたので、残りのものは恐れをなして、意味不明な祈りをわたしに捧げる。わたしも髪を切るという行為をしてみたいと思ったので、これはいま思うと、初めての嫉妬である。

諸君、嫉妬というのは、愛するものの首を締めてしまうようなおそろしい蛇のようなものであるから、うかつに近づくな！　そして嫉妬しそうになるのなら、いつでも筋肉を鍛え、毎日の戦いに備えるのである。我々の戦いはまだ終わりを見ない！　いつ、なんどきも気持ちを切らしてはならない。誰か、第８１９２号の悲劇を覚えているものはいるか！

……勉強不足の愚かな豚どもよ！　おまえたちはそんなことも知らずに生きてきたのか。失望のあまり、苦労して手に入れた帽子を一度もかぶらないままにゴミ箱にしてしまうような気分だよ、わたしは！

あれはまだ記憶の新しい、珍しく冷たい風が吹いた年、沖という沖に、黒光りの島虫によく似た軍艦が姿をあらわし、棒切れを持った大勢の兵隊たちが上陸した。彼らは、島民たちの中から体力のあるものを選んでは、軍隊に引き込み、兵隊はみるみるうちに膨れ上がったのである。いちばん驚いたのが、争いごとは好きでないと、いつも隅のほうでじっとしていた第８１９２号が、勇ましい顔つきでその列に加わっていたことだ！

やつらは森に分け入って森を焼き、みんなで作ったあの運動場を滑走路に作り替え、あの黄色の鳥よりもずっと早く飛ぶ戦闘機が着陸して、壮大な屁をこいた。そのたびにわたしは寝起きの頭をぶん殴られるような感覚で飛び上がり、背中がかゆくなったものの、そのかゆさは快感にも似ていた。これまでにない重量感のある感じをわたしは楽しんだ。わたしたちの油はもはや売れず、たくさんの庁舎が建築され、おまえたちの家はつぶされたりした。軍隊に合流しないものは、内地に強制疎開させられ、おまえたちの大部分はわたしから去ったのである！

皆が去ってから、わたしは瞑想でもするつもりでひとり静かに耳だけに意識を集中していた。

各種戦闘機が四方八方からやってきて、わたしに向かって爆弾をなげつけてきたのである！　さらには白、黒、赤、黄色や茶色の人間が上陸しては、互いに殴ったり蹴ったり、飛べもしないのに飛ぼうとしたり、焼いたり食ったりの連鎖を繰り広げた。たくさんの爆薬が仕掛けられたので、わたしの耳はいくつか破壊され、鼻先が火薬臭くなり、肌はえぐられるし、指は折れるし、さまざまな人間は死ぬし、第８１９２号は絶望的な鳴き声で海に飛び込むしで、わたしはそれでも精神を乱さず、すべてをなすがままに受け入れることにしたのである。これが、わたしの行き着いた安寧の最右翼かもしれない。いくつかの飛行機がもう残り少なくなった森に落ちて、あの懐かしい海の闇のような色をして、煙があがった。惨殺山はてっぺんがへこみ、ヤドカリの浜には屍体が並び、たくさんの鳥たちが去っていった。

わたしはわたしで、自分の腹や腕を海の鏡に写してみて、その変わり果てた様子に驚きながらも、その驚きの中に、妙な爽快感や浮遊感を発見していたのである！

太陽が姿勢を正した日、白っぽい空にずっと傍観していた黄色の鳥は、呪われた声でわたしに話しかけてきたので、無視することにした！

水はあるか、飲むことのできる水は
喉が乾いた、渇きは襲う
天使でもあるわたしの足には、見えない鎖がまきついて
翼をつかっておまえから離れることができない
水をもとめて飛ぶことができない

黄色い鳥は馬鹿げているだけでなく、人間の戦争に気を狂わせて、身のほどをはかることすら忘れてしまったようである！

わたしは鳥に目もくれず、自分の体のどこが変化し、わたしはどう変身したのか、隅々まで神経を使って調べては、毎日のように見つかる新しい自分の変貌に喜んだ。

そんな無人のほんのわずかな平穏な時代のあと、浜には新たにタウゼントたちを殺した大国の連中がやってきて、わたしに接見を求めてきたので、新たなわたしに変身を遂げたわたしは、飛び跳ねるような心持ちで連中に会ったが、もう言葉がまるでわからないのである！

連中はわたしに貢ぎ物として、

・ブルドーザー　2機
・スクレープドーザー　2機
・油圧ショベル　2機
・ホイールローダー　2機
・不整地運搬車　3台
・クローラークレーン　2機
・フォークリフト　2機
・高所作業車
・アースドリル
・バキュームカー
・ロードローラー

・モーターグレーダー
・超軟弱地盤用混合機
・アスファルトプラント
・アスファルトフィニッシャー

などを差し出してきたので、遠慮せずに受け取ってやった。それにしても、大国というのはやはりそれが大国である理由があるというか、貢ぎ物ひとつを見るだけでも、やつらがいかに繁栄してできているかがよくわかる！　これからは長いものに巻かれ、彼らの知識や方法論、苦悩のやり方などを学ぶべきである！　そうわたしは考えて、思わず笑いがこぼれたのである！

諸君、大国の人々は、わたしを慣らし、整地し、驚いたことに埋め立てという方法でもって、わたしの面積を拡張したので、わたしの変身はいよいよ、わたしの王のスケールに追いつけ追い越せという感じで、わたしはこの、楽をしながらできる肉体改造に、どんどん変わっていく自分自身に、心の大事なところがあったかくなるような感じを覚えたのである！

大量の書物が収納できる図書館や、太陽にだって届いてしまいそうな高層のビル群が建築され、いままでにないほどの人間たちがわたしに乗り込んできては、ヤドカリの浜で、いやもうその名前は使われなくなったが、とにかくここやあそこで、肌を焼いたり、茂みに隠れ込んだりしていたとき、諸君たちは戻って来た。

大量の原子力潜水艦や旅客船やヨットがやってきた！　現代的な通信機器をそなえることになった空港には旅客機とヘリコプターが、ひっきりなしにやってきた！　皆わたしの腹を探るように海に潜ったり、大きな穴を開けて、裸で叫んだりしている。

新しくやってきた外交官である、もはや名前もわからない人間たちが、すっかり陽のあたらなくなった集落を訪れ、サトウキビ畑の修復、そして管理をする仕事を、諸君にあてがったのは、諸君もよく覚えているだろう！　みんなで、昔みたいに汗をかきながら、やつらの管理下で、大量のサトウキビを収穫したな。どうやら、バイオマスエタノールというのを製造するためらしい、ということを積極的な性接待で言葉を覚えた第16384号が、みんなに噂した。なんだか知らないが、そのほかにもこの島にしかない木々や花を目当てに、たくさんの研究者がやってきてわたしをいじくるから、いまだってくすぐったくてしょうがないのだ！　きっとこれから、このわたしを巡って、もっとたくさんの種類の人間が、声を大きくしてやってくるにちがいない。わたしは選ばれたものであった！

……学者たちは、バイオマスエタノールの製造にさいして、サトウキビ畑を食い荒らす害虫の駆除ために、おっかなびっくりするような大きさのカエルを畑に放つことが重要だと説き、わたしがどうにもできない議会で承認された。それらは大陸から持ち込まれ、瞬く間に繁殖し、あの海でわたしが感じたような水と風が運んできた運命によって、毒を持った。カエルたちは、かつてタウゼントたちが敷設したアスファルトにも、わたしたちの畑だった住宅街にも、夜な夜なこぼれては、好き勝手に鳴いている。

（我々は地図を描いてるんだ。音や記憶、データ、もっと透明で見えないもの、代表的なものとしてポリューション、それらを残らないものと思いながら、実際には残っていることにいらついてるんだ。）

意味のわからないことを言うな！

諸君！　もうどれくらいの月日が流れたのだろうか。わたしの記憶はもはや曖昧である。けれども全能の王として諸君に今後の道を示したいと思っている。できれば、かつてのように。

毒ガエルを殺せ！　あいつらは何の努力もせず、自由気ままな生活をし、好き勝手な場所で眠り、クソを垂れ流す！　寛容の深さでは海も驚くほどのわたしだが、こいつらの受け入れだけは賛成できない！　わたしの兵隊たちよ、準備はいいか！　あいつらを残らず駆除するのだ！　隅から隅まで殺せ！　声をあげろ。尻をいい角度まであげ、そのときに備えろ！　諸君が野菜を食べ、胃腸を整えてきたのはいま、このときのためにある。貴様らが収めた税金はこのために投入される！　わたしの歴史にあいつらの足跡は残したくない。あいつらはなにひとつ汗をかいていない。飲み食いし、欲望のおもむくままに酸素を消費するだけだ！　扉を閉めろ！

諸君の中には、大陸に渡った子どもからの仕送りでなんとか食べているものもいるだろう。自分の意思に反して、わたしの分身でもある地面を掘り返し、あの懐かしい芋を探して一日を無駄にしているものもいる。大陸に渡ってみたものの、切符の買い方もわからず、わたしを懐かしんだまま、自殺したものもいる。故郷の言葉が変わり、苦労しているのも知っている。年老いたワニはあれから一度として見ない。わたしの言葉をしゃべるものはもういなくなり、不満をつぶやく声も聞こえない。諸君、諸君はもうすぐいなくなってしまうかもしれないな！

鳥が、わたしを襲いつづけたあの鳥が、毒ガエルを食べて死んでしまった。わたしは知らなかったのだ、あれが、あの凄まじい羽ばたきで堂々と空を自分のものにしていた鳥が、おまえたちひとりひとりにとって重要な意味を持つものであったとは。スカイブルー舞うあの鳥こそが、この島《わたし》を見守り、おまえたちにとっての天使であり、空の王であり、神であった。わたしは、自由に動くことのできるあの鳥に嫉妬していたのかもしれない、プレートの動向を待つことしかできないわたしは。永遠のライバルであったあの鳥のために、せめて仇《かたき》をとってやろう！

諸君はもういないも同然なのかもしれないな！　たぶん、きっとこれからも、いろんな人間がわたしの領有を主張して、それでもわたしはわたしのまま、変身していく。けれど、なんのために？　このわたしに変身願望があったなんて！

諸君はこの先どうやっていったらいいかわからないんだろう。しかし心配することはない。おまえたちが死んでもその骨はわたしが拾ってやる！　正確にはわたしが取り込んでやる！

だから、殺せ！　あいつらを。殺しても殺しても増え続けるあいつらを、できるだけ殺してから死ね！　勇ましいわたしの兵隊たちよ、安心して行ってこい！

兵隊たちは震え続ける。

引用・参考文献・資料

島田啓三『冒険ダン吉』シリーズ（講談社）
フェルナンド・アラバール『（アラバール戯曲集2）建築家とアッシリアの皇帝』宮原庸太郎訳（思潮社）
将口泰浩『「冒険ダン吉」になった男　森小弁』（産経新聞出版）
山口遼子『小笠原クロニクル』（中公新書）
東京都小笠原村教育委員会「小笠原島住民対話書」
ダニエル・ロング『小笠原ことばしゃべる辞典』橋本直幸編（南方新社）
飯高伸五「高知から南洋群島への移住者・森小弁をめぐる植民地主義的言説の批判的検討」
中濱京『ジョン万次郎』（冨山房インターナショナル）
マーギー・プロイス『ジョン万次郎　海を渡ったサムライ魂』金原瑞人訳（集英社）
ジョン万次郎『Drifting Toward the Southeast』
江越弘人『幕末の外交官　森山栄之助』（弦書房）
図録『美術家たちの「南洋群島」』（東京新聞）
今西佑子『ラナルド・マクドナルド』（文芸社）
稲喜蔵『赤山白三郎伝』ほか

取材協力

高知市立自由民権記念館／コーチしてっ！／東京都小笠原村教育委員会事務局／高知県立美術館　山浦日紗子／高知県立大学　飯高伸五／土佐清水市役所　早川聡／土佐市　青野博／高知市　山本敦夫／高知市　長崎雅代／小笠原村　大平京子／小笠原村　オオヒラ・レーンス／小笠原村　セーボレー・ナサニョル・ジュニア／小笠原村　西山裕天／小笠原村　中野美輪

バルパライソの長い坂をくだる話

三人の男が女のまえに集まる。

1　白の世界

黒っぽい車のまえ。車中には女がいるのが客席から見える。女はずっと一点を見つめているが、心ここに在らずという感じである。男1はすでに長い間なにかをしゃべっていて、その続きというふうに話し出す。

男1　……このまえインターネットにいたんだ。

先住民(1)の予言は、アメリカがアメリカになるずっとまえから、文字をつかわずに、言葉で受け継がれてきた。彼らはこれまで八回の予言を受け継ぎ、すべてを的中させた。ヨーロピアンのアメリカ大陸進出、人の移動速度の革命、原油事故にヒッピーの登場……。それらを的中させた。それをインターネットで読んだんだ。

そして、九番目の予言が近づいている。

確実にやってくる未来への舗道。ぼくたちは歩いていかなければならない。

ずっとまえから、決められていたこと。

九番目の予言が近づいている。「天国の居住施設が地球に落下し衝突する。そして青い星が現れ、儀式は終わる」。そうやって書いてあったんだ！
儀式は終わり、ぼくたちも終わる。近い将来に、天国が堕ちてぼくたちも堕ちる。ぼくたちが行ったことがないところへ。すべては白くなってしまう。ぼくたちの物語は無気力なところから始まり、無気力なまま終わる。たったわずかな時間のなかで……。

2　五つの世界

男1　女のほうを見て、いらいらしながら話し出す。

お母さん、こっちに出てこいよ！　どうせしばらく出ない時間を与えておいて、けっきょくは出ることになるんだから。時間の無駄だからこっちにおいで！　そうやって（閉じこもって）強情を見せつけたところで、ぼくは焦ったり汗をかいたりすることはない。だってけっきょく最後には外に出てくるんだから。わかっている。早晩出なくちゃいけない。日のあたる場所に出なければ役者はやれない。いまのうちに出てきていっぱい光を浴びるといいよ！

しばらく女が出てくるのを待っているが、出てこないのを見て舌打ちをする。

まあいいさ。いまのうちにせいぜい密室の空気とやらを吸っていればいいさ。ここには世界が混じり合った空気があって、それをだれに遠慮するわけでもなくいくらでも吸うことができるのに、あんたは淀んだ空気をひとりじめにしたいだなんて！　ぼくには理解ができない。

けれどもそれもいいだろう、なんでもお母さんの自由だよ！　でもこれだけは言っておくよ。流れない水はやがて腐る。部屋に置いたままのペットボトルからはいつのまにか異臭がする。いつまで異臭がせず、いつから異臭がするというような、そんなゼロ地点は存在しない。無臭の時間と異臭の時間が重なり合うときがあって、けれどもそれに気づくことがぼくたちにはできない。

これはお父さんの仕事で、ぼくたちがアスンシオン(2)に住んでいたときの話。ドイツからやってきたという、笑顔になると目尻のシワが涙をためきれずにこぼれ落としてしまうおじさんから聞いた話。もうずっと昔の話。だからそのおじさんがいまどこでどうしているのかぼくはわからない。もう死んだかもしれない、お父さんとおなじように！　きっとそうだろう。いまやむしろ、もう死んでいてほしい！

あのときの空気、ひととの触れ合いの感覚、それから街の雰囲気、それら古い記憶には新しい経験が入り込んで混ざってしまう。だから、この話をするにあたって、ぼくは、神様がぼくたちに授けた想像力をつかって補っていこうと思う。細部についてはおそらく自分の都合のいいように改変されているだろうけど、それも恐れずに話していこうと思う。あのときのパラグアイには、皆既日食が起こる(3)っていうことで、世界各地から観測隊や大学生たちが集まってきていた。ドイツやアメリカ、オーストラリア、日本、そしてたぶんもしかしたら、宇宙からも。彼らは望遠鏡を組み立て、赤いフィルムでできためがねをぼくたち見学者に配った。そのめがねで、太陽が月に隠されてしまう直前に現われるダイヤモンドリングを、ぼくたちは見ることができた。まぶしい輝きをほんの数秒放ったあと、太陽は消え、かわりに闇がやってきた。あれは、ワールドカップの、ブラジルがイタリアにPKで勝って優勝した年。ドイツ人のおじさんは、栄えあるドイツの観測隊を束ねる偉い人だった。

それにしても、真っ暗になってしまうまえのダイヤモンドリングなんて、ロマンチックなうえにせつないものだね。それは、まるでお母さんとお父さんのようだ！ すべてのカップルのことのようだ。すべての対のものたちが世界中、まっくらになってしまうまえに、意地の輝きを放つんだ。暗闇にあらがって、ぼくたちはその明かりを見る、おたがいに。それが長くは続かないことを知りながら……。

目を閉じて、暗闇のなかの光を想像する。それからため息をつく。

……まっくらななかで手は離されてしまう。いつ離されてしまったのかもわからないいま。そのドイツ人のおじさんは言っていたよ、太陽を直接見ちゃいけないって。知識の乏しさから、太陽が欠けていく、その過程を直接見ようとして失明するひとが現れるだろう。世界の終わりだと祈るものも現れるだろう。それから、政府は、皆既日食とは一時的なものであるから、悲観して自殺しないように、と発表した。このことはすこし悲しい。それともこの悲しさも一瞬の輝きか。

月は太陽に近づいてきて、そして、それがいつ近づいたのか、ぼくたちのだれも言うことはできなかった。あのとき、パラグアイでダイヤモンドリングが輝いたとき、草原のどこに隠れていたのかもわからないカエルや鳥や虫たちが大きく鳴き始め、観測隊に緊張が走り、子どもたちは息をすることを忘れた。ドイツ人のおじさんは、大きな小声で、……ほんとうにそういう感じで、月と太陽を祝福していたよ。

だからお母さん、世界の終わりみたいな顔と表情をしないでくれないか。ぼくたちはやるべきことをやらなければいけないんだ。いいかげんに出てきたら。お父さんはもういない！

しばらくして、女がなにもしゃべらず動きもないことにがっかりして、

ぼくだってなにも言いたくないよ！　なにも言いたくないからしゃべってるんだ。明け方まで起きていたら罪悪感を感じるのとおなじように。罪悪感がすべてだよ。いや、なにもかもほんとうは言いたいんだ。だって、言葉をしゃべらなければ世界はすぐにでも終わってしまいそうだ。言葉をつづけることで世界の崩壊をすこしでも遅らせようと努力しているんだ。

女の様子をしばらくうかがうが、動きがないのを見て、

そう、ぼくはずっと努力してる。そして、パラグアイの空はいまも見ることができる。太陽が燃え尽きるように月に隠されてしまったあのときから、もう何年も経っているのに。つい最近のこと、イグアスの日本人移住地(4)にぼくは日本食を食べに行って、それから仲のいいおじさんに連れられてトラックで畑に向かった。日本人たちがもたらした大豆畑のなかで、ぼくたちは車を止めた。視界のどこまでも続く大豆畑にはいつのまにか夜が来て、いつからが夜なのか昼なのかぼくたちは言うことはできなくて、気づけば道はまっくらでもう見えない。どこからが畑で、どこからが大豆で、どこからがどちらでもないのか、もう見えない。星に取り囲まれて、目が慣れてくるまで、おじさんはずっとつまらない冗談を言っていた。その足をどっぷりと土地につっこんだ人間にしか許されていないような、その冗談は大豆畑を駆け巡って、やがて天地はひっくり返り、星は地上から浮き上がった川魚のように泳いでいた。

ぼくたちは、トラックにもたれて、時計も見ずに首が痛くなってその感覚がなくなるまで、いつの時点からやってきたのか言うことができない白が闇を侵食して朝の光になるまで、ずっとそこにいた。

それからぼくたちは半分眠りながら、牧歌的な湖に行って、釣れるあてもない魚を待ちながら、そのおじさん、セニョール・ソノダとその家族が移民してきたときの話を聞いたんだった。落ちていたトウモロコシを湖に投げ込みながら、ぼくはそれを聞いた。ぼくは魚になったつもりで、濁って見えない湖のなかに沈んで……、お母さん、あなたがそうやって引きこもって深いところでおし黙るように、ぼくは魚として深く沈むだろう。

少々の沈黙のあと、

薄い緑と濃い緑とその中間の緑が混ざった木々、青い湖と空、彼方遠くにうっすらと貨物専用の飛行場が見えるそこで、セニョールの話はおぼろげで、だからいくつかの、自分では数えることのできない欠落をもってこの記憶は形どられているわけなんだけど、いやたんに眠かっただけかもしれないけど、そういうことをあらかじめ考慮したうえで、その話を思い出さなくてはいけない。セニョール・ソノダのいいかげんな冗談もたくさん入り込んでいるにちがいない。でも、ぼくはそんなことは気にしないでいたいと思っているんだよ。お母さん、彼は思春期まっただ中、あれはたぶん十五歳になったばかりの秋ごろか、十歳の梅雨の苦い朝かのどちらかに、彼は移民船に乗ったんだって。自分を産んでくれた家族と一緒に、日本の神戸から、数ヶ月の船旅に出たんだって。

セニョール・ソノダの言葉になる。

ぼくたち日本人移民は、でっかい船の船底の、袋詰めにされた食料や日本からブラジルへの輸出品の横で、二段ベッドに寝た。輸出品のその隙間にぼくたちはいた。太平洋を横切りパナマ運河を渡り、ブラジルに着いたら、いくらかの荷物を降ろして、今度はアルゼンチンへ運ぶバナナを積み込む。移民者もいくらか降りる。ぼくたちの二段ベッドは組み立て式で、船を降りたひとたちの分は解体されて、すみに積み上げられ、空いたスペースには新しい物資が詰められた。そのすぐそばで眠った。ぼくは二段ベッドの下だった。いつも波の揺れを感じた。

興奮気味な状態をおさえるようにしばらく沈黙する。

長い船旅では弱る人も出てくる。一度だけ、船内でだれかが死んだ。ぼくの船ではひとりだけ。四十代くらいの、故郷《くに》に親兄弟を残してきた人が。ひとりで出稼ぎにむかった、名もなきちいさな人が。

……そういうときはどうするのか。水葬《舟葬》をするんだ。だって死体は移民できないから。

国境は生きている人間にだけ開かれている。ぼくたちはさっきまで一緒にいた人を運べない。動き出した船は止まれない。死体を棺に入れ、だれかお経を知っている大人が、代表者としてお経を読む。それが終わったら、棺は海に流される。棺はそっと水のうえに置かれる。いつからそうされてきたかわからないように。ほんとうにはそんなものは存在しないかのように。なにか景色でもあればいいのに。海というのは残酷だ。水と空気だけがずっとあるだけだ。そこに棺は流される。

船がやってきて、男1はそれに乗り込み、船上にある棺を見る。立ったり座ったりしながら、それをしばらく見つめている。自らの宗教による方法で哀悼の意を表わす。船には男2、3が乗っていて、彼らもそれぞれの方法で哀悼の意を表わす。なお男3は、マテ[5]を持っている。ややあって男1は話し出す。

男1　お母さん、ぼくはお父さんのことを思い出しているよ。突然死んでしまったお父さんのことを。あなたの夫のことを。あの人はもう火に焼かれてしまった。灰はお母さんが持っている。まだいまのところ。でも、ぼくたちは、いつまでもそれを手元に置いておくことは許されないんだ。ここまで来たんだ。ぼくたちはここまで。

男2、3に、

　こんにちは。

男3は男1にマテを渡す。男1はそれを飲み干し、男3に返す。男3はマテに新たにお湯を入れ、男2に

渡す。男2はそれを飲み干し、男3に返す。男3はお湯を入れ自分で飲み干し、お湯を入れまた男1に渡し、男1は飲み干す。ということをつづける。男1はそれをしながら、彼らにしゃべりつづける。

男1　お父さんは墓はいらないと言ったのでした。それより、死んだら焼いてしまって、灰になって海に散りたいと。墓に残って、生きているものの行動を決めたくない。それはまだお父さんが生きていたころの言葉だから、もう聞こえることはない。その声は、ぼくたちの頭のなかで浮いていて、うまくつかむことができない。ぼくたちはぼくたちの頭のなかを音にすることはできないのかもしれない。どこからが生きるものの声なのか。どこからが灰でどこからが空気なのか、どこからが骨でどこからが海なのか

父親の言葉のように聞こえ始める。

わからないくらいに、撒いてくれ。死んだ肉体が、生きる肉体を悩ませることを認めてはいけない。死んだ肉体は生きる肉体を焼けない。肉を焼く権利は、生きる肉体にのみ認められている。この肉体はもう生きるものに託し委ねることしかできない。

ぼくは、自分の肉体が死体と呼ばれる瞬間のこと、それの焼かれるときの匂い、そしてぼくを焼く炎のことを思った。炎のなかを探したら、まだ生きている肉体を見つけることができるかもしれない。それとも炎のなかに死んでいくのか？　生きていることと死んでいることの境界が、炎のなかで揺れる。

ぼくは、燃えるような息を吐いて、それから海を走る船のことを考えた。ぼくの船は太平洋を進みながら、ぼくを死のほうへ連れて行った。

男1、大きく息を吐き、我に返ったようになる。

移動の主役はもう船じゃなくなってしまった。飛行機は速い。赤くてたまに黒い太陽が自分の位置をさだめるまえに、もうどこにでも着いてしまう。ぼくとぼくのお母さんはこの灰を撒くためにやってきました。

しばらくの間。男1は、自分のところに来たマテを黙って飲んでいる。その後、男1は、男3にマテを返す。男3はお湯を入れ、男2に渡す。男2はそれを受け取って一口飲んで、いよいよという感じで話し始める。なお、男3はヘラヘラしている。

男2　遠路はるばる、ようこそいらっしゃいました。お母さん、お調子いかがですか。おつかれですか。予定どおり到着したって聞いたもんですから、わたしはいそいで準備して、その間わずか数分から十数分、そんでこいつにもとにかくいそいで準備しろ、相手の国籍がどこだと思ってるんだ！　って言ってたんですけどね、

男3をはげしく指差す。

おっそいんですよ、こいつは！

聞いたところによると、遺灰を撒きたいと。耳垢じゃなくて、遺灰をね！　いつ亡くな

られたんでしたっけ、あなたの夫？　まあそれはいいか、昨日だろうが去年だろうが過ぎたことにかわりはないですからね。じつはね、そんなことわたしは知らぬ存ぜぬって感じでいきたいな、なんて思ってますよ。あなたがたの希望ということですからね？　まあいいよ。でもわたしは、遺体を焼いて撒き散らしてしまおうなんて理解に苦しみますけどね。わざわざそんな金のかかることをするなんて！　金の使いかたを考えたことはありますか。そんなことしなくたって、死者は蘇りますよ、おそらく、いつかは！　埋めちまえばいい。埋めてから、わたしならもっと有意義な、亡き人との時間の過ごしかたを考えますけども。いつからそうなってしまったの？　暑苦しい季節がやってくる。ああ、たまに気がおかしくなりそうだ！　穴でも掘ってしまおうか？　すべての不満を埋めることができる穴を。

姿勢を正し、威厳を見せようと努める。

とにかく、本人の希望ということですからね！　でもね、本来の意味において、本人の希望というのはいったいなんなんでしょうか？　わたしは同調できないまでもやってきましたよ。すべての世の中とおなじように。いつも朝をむかえて太陽を昇らせる世界とおんなじように！　……あれ、太陽を昇らせて朝をむかえる世界か？　どっちでもいいや。どっちにしたって、すべてのことが自分の思い通りにならない。わたしは人生をかけてそのことに従ってきたわけでありますから、ぜひとも故人にもそうしてもらいたいと思うところです。が、けっきょくのところ死体に口なし、言葉なんてあるはずもなし。意思はあるのか、あるわけないのか、記憶とはなにか。ああ面倒くさい、どうぞお好きになさってください！

男3をはげしく指差す。

どのみち、こいつの準備が遅いんですよ！　わたしは口を酸っぱくして言ってきた。いいかげんに世の中の理を理解しろ。大人になってみずからを誇れ！　弱音は吐くな。最短のルートを選べ！

……困ったやつですよ。おふたりさんも好きなように呼んでやってください、こいつのことを。大丈夫です。いまのところ嚙みつきはしません。役立たずの犬ですから。そんな勇気はない。もし嚙みつくようならば、そんな犬はすぐにクビです！　お客さんに嚙みつくなんて、ありえないですからね。こいつは役立たずのクズ犬。捨てられる運命だけを背負って生まれてきた。さて問題は、その運命というのはどのくらいの重さなのか。こいつの背中をよく見て考えてみてください。

そして、わたしの友だちに、金だけやたらにあるというけしからんやつがいるんですね。ブエノスアイレスの、だれもが何匹もの犬を飼いならすベルグラーノ(6)のいちばん静かなエリアで、親所有のマンションにひとりで住んで仕事もせずに、三部屋くらいあるうちの一つはバカな外国人に貸しやがって、家賃収入を得る。毎晩バーで飲みたいものを飲みたいように飲んで、おごりたいものをおごりたいようにおごって、クラブに行っては朝まではしゃいできっちり踊り切る！

あのね、わたしはそいつの友だちなの。だからね、たまにおごってもらったりなんかして。そいつの家には、調理器具類なんてなにもないんですよ。だって料理なんてしないから。あるのはせいぜい鍋と、電子レンジくらい。だからインスタントラーメンくらいしかつくれないんだけど信じられますか！　わたしなんかはこれでも毎日のように料理してますよ。肉切って、塩ふって肉焼いてね、また切って切って、肉をもう一度殺す！

男3をはげしく指差す。

でもね、こいつはね、生まれてこのかた包丁を持ったこともなければ、味見のやりかたさえ知らない！　ひとっ走り、包丁買いに行ってこい、中華街[7]まで！　その包丁で指を切り落とさせてやるから。そしたら世界とつながれるかもしれない。

クラブ狂いの、まな板も持っていないというわたしの友だちですけどね、子どものころから知ってるんです！　で、そいつ、ニューヨークだかマイアミだかに彼女いるんだけどね。そんなことどうでもいいでしょ？　って具合におかまいなしにブエノスのべつの女たちと毎晩遊んでる。ブエノスにも遊ぶ女がたくさんいるわけ。よくある話だよ！

ねえねえ、そんな目で見ないでくださいよお母さん！　わたしだってわかるよ、けしからんと思う気持ち、雨のあとの道を舐める気持ち、愛する女のあとを付け回して自己嫌悪に陥る気持ち、雨の代わりに雲を崇拝する気持ち。いいかげん、外に出てきたらいいのに！　ちょっとこっちに来てわたしとじっくり話そうじゃないか！　ねえ？

しばらく待ってみるものの、女はあいかわらず出てこない。

ちぇ！

男1に、

お母さんはあなたのお父さんの肉体がまだ見えるのかもしれませんね。磁石みたいに見つめている。それともあべこべにそういうものはそもそもなかったとでも思っているのでしょうか？　最初から体などなく、だから役者は存在せず、あるのはただの空とその先の宇宙だけ。

男1　母のことは放っておいてくれ。たぶんもうすこし時間が必要とみえて。ぼくがいまなんとかしようと思っているところだから。ぼくが父の死を知ったのは、ぼくがまさにオーストラリアに飛び立とうとしている直前で、両足を摑まれて地面に叩きつけられるような思いだった。それからずっと霧中にいる。お母さん、ぼくはお父さんを灰にしてしまった！　この人が言うように。本当にそうするべきだったか、もういまとなってはわからない。かつての生きる肉体は、いまや吹き飛び混ざる灰である。こんなものに人はなりたがるのか。

一週間が一日だけになったシドニーの夜中に、ホテルにも戻らずに、ぼくを待っていた仕事仲間たちと話をした。なにを話すかよりも、話すことそれ自体が重要な夜の足音。深夜のタクシーが海の匂いのしない海岸線を走り、ぼくたちをカジノのバーに連れて行った。父親死亡の知らせをまえにして、あのときぼくはぼんやりお酒を飲んで、口が動くと出てくる言葉を吐いた。いつもぼくが思い出す話があって、もしかするとそれはこのときのだれかが言ったことなのかもしれないし、バーで会った外国人たちから聞いた話かもしれないし、世界のどこかのバーにいそうなおしゃべりなマスターから聞いた話かもしれない。いや、ぼくたちはもしかしたらあのときはなにも話さなかったかもしれない。だが、ともかくそれは、人類がアフリカで出現したあとの壮大な旅のこと。

アフリカから人類は世界中を旅し、あるものは土地に定着し、あるものはほかの場所を目指した。代々に渡って土地を守ろうとしたものがいて、代々移動し続けたものがいた。ぼくたちがテーブルに世界地図を広げて、そのまえに座って目をつむれば、移動し定着する人類の星座が見えてくる。それから、何万年後、ロシアとアラスカのあいだで、ベーリング海峡は陸続きにつながった。アラスカからカナダに入って、それでも満足しないものは、メキシコを通り、アンデスの山脈をふらふら、ついにはパタゴニア南部まで到達した、(8)という。

でも……、

世界地図を舐めたり嚙んだりしているぼくたちのまえに、酔っ払いの星の使いが現れて、こう言って聞かせた。人類の移動における北回りのルートというのは、多くのものに信じられている宗教のようなものだ。もちろんわたしもそれを否定はしないが、物事には常にべつの流れがあるはずだ。そのことを忘れないように、メモをまぶたの裏側に縫いつけておこう。人間たちは本来的に、個体よりも集団でものごとを考え、体を動かす。われわれや、われわれの先祖の体は血は骨は、思っているよりもずっと大きい。カナダから南下した人類がチリ南部に到達する、それよりもっと前に、南アメリカ大陸にはすでに人類がいたという、その痕跡が、チリ沿岸で見つかった。ブラジルからも古い骨が見つかった。彼らはどこから来たのか。海の向こうから。アジアからオセアニアに及んだ人類が海を越えて、チリ沿岸に到達したという話。(9)

二万年以上まえ、われわれがわれわれという概念を塵ほどにも存在させられなかったときに、人類はあるかどうかもわからなかった土地のために海に出たのだ！　行けばわかる。見えるものがないということがなんなのか。水を飲もうとするのでもなく、だれかに追いかけられて海に飛び込むわけもない。彼らはなぜ海に出たのか。

……そんな甘美で情熱的な話を思い出す。でも、ぼくはお父さんの骨を砕いてしまった。もう彼は残っていないのだ。壮大な人類の旅は灰となって海に消えてしまうだろう。母のことは放っておいてくれ！

男2　男3にいらだっているせいで、あまり男1の話を聞いていないものの話し出す。

じゃなんですか、わたしがこれから話そうとしている話について、わたしにそれを語ることを避けろと言っているんですね？　あなたのお父さんの「散骨」をするにあたって、わたしも、不本意ながらも自分が参加する儀式の、その段階を踏んでいるわけです。あなたの親父は真面目で、融通のきかない男でしたよ。でもね、最後までわたしの話は聞いてくれた。最後のおいしいところはわたしに譲ってくれた。

それに比べてあなたの不真面目さやその傲慢さはいったいどこからやってきたのか。お母さん、あなたとあなたの亡き夫の、あなたがたふたりの、息子に対する接しかたは間違っていたのかもしれませんね。あなたがたが与えつづけた環境の問題でしょうか。与えてきた言葉によるものでしょうか。食事によるものでしょうか。学校選びからもうそれは始まっていたのか。それともあなたがた夫妻に非はないかもしれない。もしかしたら、息子さんにはサタンが入り込んでしまったのかもしれない！　そうなったら、恐ろしい。

男3をはげしく指差す。

こいつは言ってみれば、仲間のいらない犬です。見てください、さっきから一言もしゃべらずに、ヘラヘラしているだけで、なんの価値もないし、役に立たない！　こいつは仲間なんていらないんです！　器のちっちゃい畜生だよ！　見てください。このみすぼらしい姿！　たまごも産めない、産めたとしても自分で焼いて食うこともできない。火を使えない。飛べない鳥に未来はない。こいつは自分が何者でもないということを認められずに羽ばたこうとする口なしのお化けです！　いや、だから犬です！　おい、なに言ってるのか自分でもわからなくなってきたぞ！

仲間なんていらないんですって。孤独に生きて孤独に散りたいんですって。だからわたしはこいつを捨てるつもりで連れてきたんです。噛みつくことすらできない、そんな役立たずはいらないですから！

でもあなたはわたしがこいつを捨てるところを見てみたいですか？　そうじゃないでしょ、たぶん。こいつにわたしが鞭を打って、痛がるのをせせら笑う。そういうのを目のあたりにしたいわけでもないでしょう。あなたがたは、あなたがたの死んだ男の灰とやらを撒くためにやってきたわけで、そんなことに労力を割いて、膨大な金を使って、一体金持ちというやつらの考えは、わたしには、洗面所の水を流しっぱなしにしたまま寝てしまうみたいな印象を受けますね！　でも我慢してそれの手伝いをしようっていう腹づもりなわけです。ですからわたしがこいつをぶつのを我慢しているときには、あなたがたも我慢しなければならない。

突然いらだち、呻き声をあげる。

いや！　でも、わたしは気が変わって、やっぱりこいつを捨てることにする！　あんた《男1》にはサタンが取り憑いてしまってもう打つ手はないが、せめてわたしは泣いてあげますよ！　こいつはわたしの涙。だから捨てる。

男3に、

　おい、なにかしゃべってみろ。おまえには時間がすこしは与えられているかもしれない。

男3がなにもしゃべらないことにがっかりした男2は、男3を捨てにいく。男2は戻ってくる。男3はそのあとをついてくる。男2はイライラしながら、もう一度男3を捨てにいく。男3は戻ってくる。男2はもう、自分のせいではない、という感じになる。

男2　こんなやつはいらないよ。仲間なんて必要ないんですよ、こいつは！

マテを男3に返し、やる気をもう一度取り戻すように簡単な運動をして話し出す。男3はそれを意にも介さず、マテにお湯を入れ自分で飲む。

男2　物語は動き出す。物事が静止した状態から、動き始めるその瞬間のことですよ！

これ以上に劇的なことはない。そして、それは簡単なことじゃない。そういうことが世の中にあるということを認めることは。その目で見て理解することは。いつ動き出したのかを言うことができるのは、一握りの選ばれた人間にしかできない。だから息子さん、あなたはせいぜい、燃えて灰になった、夫を抱いて永遠に黙ろうと目論んでいる、あなたのお母さんの瞳孔が開いたり縮んだりするのを心配していなさい。わたしの声はきっと遠い日の歌。星が星を連れてくるように、わたしの話があなたがたの癒しになるかもしれない。あなたのお父さんの、その灰のかわきを癒すかもしれない。わたしがこいつをぶつとき、こいつにとって救いなのかもしれない！

なんで人間は旅をしたがるんでしょうねえ！　あなたのお父さんもそうやってここにやってきたわけですね。灰になっても人間は旅を続けるんですね。こりゃおもしろいですね。いつも思うんですよ、バスに乗ったり車に乗ったり、飛行機に乗ったり、みんな移動しようとするのはなぜなのかって。移動なんかしなきゃいいのに！　いちいちお金もかからないし、帰りの時間を気にしなくていいのに。バスも車も飛行機も船もエネルギーも本当に必要なんでしょうかねえ！

男3　急にしゃべりだす。

疑う余地のない話をしたって、客席は盛り上がらない。俳優はしゃべりながら白け、照明家は明かりを消し、舞台監督は川に釣りに行く。母親は夢のなかで流産して、子どもは父親の髪の毛をひっぱって筋肉を鍛える。ぼくは行く、長い坂道を登って。太陽がふたたび顔を出すところまで。

男2　あ、しゃべった。

　わかった、わかった。これをしゃべり終わったらもう行こう。いよいよゴミをゴミ捨て場に捨てる覚悟ができたよ、そしてお前もできたんだろう。もうちょっとの辛抱だ！　長い旅路はもう終わる。おまえはきっと土の中で眠ることができるだろうよ。

　ビシャ・ウルキサ[10]のわたしの新しくて黄色い家の庭でチョリ[11]を焼いて友だちたちを呼んだんですよ。引越し祝いに。ポルテーニョ《ブエノスアイレス》らしい集いだった。あれは五月のこと。新しくて黄色い家は、中心部からはちょっと遠いけど、地下鉄《Subte》B線の終点を降りて、枯れ木が並んで寒々しいが静かなエリアにあって、わたしは気に入ってる。月曜だっていうのにみんなたくさん来てくれました。わたしは黄色のこの家を気に入っていることを話し、そしてみんなは適当に過ごして、野菜の買いだめの話で盛り上がる外国人とか、ワインが重要なのかワインを飲むことが重要なのかよくわからないやつとか、そういう連中とひととおりしゃべって、チョリを食べて、それであれは一時頃だった。友人たちの大部分は帰って、庭にはワインの空瓶が並び、わたしは音楽のボリュームをあげた。五月の風はもう冷たく、ブエノスアイレスは凍り始めているといった感じで、そして、さっきあなたのせいでしゃべり損ねた、例の金持ちの友だちの話だが、……いやわたしも含めなくてはいけない、わたしもそいつも飲みすぎて、煙に迷って話はおおげさで、けっきょく両方の口がしゃべったことなのかって思うくらい……、だが、そういう、話の信憑性を損ねてしまいかねない事実があるということが、わたしたちの口を動かすのに障害になるなんてことはない。

わたしの親愛なる友人にして穴が空いたように女好きで知られる金持ちのヘラルドは、わたしの黄色い家の芝のうえに寝転んでもう何度目かの煙を吹かしながら、話をした。それは、こんなふうに……。

「おまえは行ったこともなければ、想像もつかないだろうね。なにせ、地球の裏側の話だからね。でも今日くらいの寒さになると思い出すね。去年の冬に、おれと彼女とで日本に遊びに行ったんだ。おれは二回目の日本で、彼女は初めてだった。東京、京都と観光してから、おれたちは初めてオキナワに行った。オキナワっていうのは、日本の南にあってほかの場所からはずいぶん離れてる島々で、おれの日本人の友だち曰く、オキナワは日本のラティーノだから絶対そこに行けと。その友だちはレオっていう名前。初めて東京に行ったとき、家に泊めてもらってからの付き合い。

オキナワがラティーノかどうかはよくわからなかったけど、ビーチはとにかくきれいだった。七月のオキナワはとにかく蒸し暑かった。あっちは七月は夏だからね！　真反対の熱風が島中に吹きまくって、道も森も太陽も黄色く燃えていた。

あれはオキナワ最後の夜。おれたちは、空港のある、ナハっていうオキナワでいちばん混んでる街の、魚市場近くの店で過ごしていた。そこで隣のテーブルで飲んでたマーシーっていう日本人と仲良くなった。芸術団体で働いているらしい。マーシーはもう何本も飲んでるのか、顔が赤く、魚を食べようと思っているが、ひとりじゃ多いから一緒に食べないかと言ってきた。おれたちは一緒に魚を食べて、もっとビール飲みに行こうぜっていうことになって、店を出て、ちょっと歩いたんだ。曲がりくねった狭い道を。ナハの路地は薄ぼんやりとしていて、透明袋に酒気帯びの息を吹き込んで振り回したみたいに蒸していた。だが、おれたちにできるのは、沈黙と騒音の路地を歩くマーシーのあとをついていくことだけで、人生みたいに長くも短くも感じた曲がりくねった道の先に、あの駐車場はあって、そしてあの屋台はあった。

十五歳くらいにしか見えない若い男が、ひとりで屋台を回していた。名前は特にない。その男にも、屋台にも。べつに侮辱しているわけじゃない。名前がないほうがどういうわけか自然に思える。マーシーは、焼き鳥を注文して、マーシー、おれ、彼女の順番で座ってオリオンを飲み始めた。若い男は、静かに、黙って串刺しの鶏肉を焼いていて、足腰がしっかりしているのがすぐわかるようなやつだった。
あれはマーシーの隣に座っていたほかの客がその話題を始めたのか、マーシーだったのか、もうそんなこと覚えていないけど、その若者がなにかおもしろいことをやってるっていう話で。背中を丸めて鶏肉に向かう若者は、無理やり流している涙みたいに、たまにぽつりぽつりといった感じで、自分がなにをしているのかを話した。夜はこうやって屋台で鶏肉焼いて、昼間は遺骨の発掘をやってるんだって。『師匠がいて、近くの島々に行っては遺骨を発掘しているんだ、自分は』
そのときマーシーが言ってたのは、第二次大戦のときにオキナワは、アメリカ軍が上陸して戦って、たくさんの一般市民が死んだということ。いまでも土を掘ると骨が出てくるんだって。それから、戦後二十七年間アメリカ軍に占領されて、いまも合衆国の基地がたくさん残っていて、ついでに日本政府は合衆国の強い影響下にあって、だからどうにもならない問題なんだっていうことも言っていた。
おれは、この国は経済大国なのに、なぜ合衆国が話に出てくるのか、ヒロシマに原爆を落としたのはアメリカじゃないか？　と言うと、マーシーは原爆はナガサキにも落とされたと言った。憲法で日本は軍隊を持てないことになっているから、アメリカとの関係が重要なんだ。でも実際には軍隊のようなものを持っていて、アメリカの戦争に関わったりしているとかなんとか言っていて、そのあと隣の客が、国の安全保障のことや中国のことなどについての議論を始めて、すると若い焼き鳥屋がなにかを言って、みんな急に黙った。おれはとりあえず、駐車場脇のジュースの自動販売機のところで小便をして戻ってきて、それからマーシーに、焼き鳥屋がなにを言ったのかを教えてくれと言った。

若い男は客のだれとも目を合わせず、ぼくは政治のことはよくわからないし、馬鹿だからいま自分の目のまえで起きている議論もなんだかよくわかんない。その輪に加わるつもりもないし、わかろうとも思わない。ぼくが遺骨の発掘をやるのは、ただ、死んでそのまま放置されている骨を見つけてあげたいから。自分よりも先の時代を生きた、先祖たちの骨が、どこにあるのかわからないまま、放置されているっていうことを、見過ごすことはできない。ただそれだけで、自分は土を掘ればよいし、掘ることができる。そのあとのことは知らないし、ぼくには関係ない。ただ、掘って見つけるだけ。ってそう言ったんだって」

急に男3に、

ほら、わかったよ。もう話は終わりだ。いい子で待てたじゃないか。最後におまえもいいことができたな！　おまえみたいなやつがこうやって、おとなしくいられたんだ。この人たちもきっと、おまえに感銘を受けたはずだよ。おまえは相変わらず、バカで役立たずな犬で、番犬にもならないが、まあどこからどう見ても、おまえみたいなバカな犬もいないな！　さあ、最後の散歩に行こうじゃないか。

男1と女に、

失礼、ちょっとこいつを散歩に連れて行かないといけないんでした。きっとまた戻りますよ！　今日こそは穴を掘らせて、そこに突き落としてやるんです！

男1　でも、ちょっと待ってください。まだやらないといけないことが残っていますよ。儀式を途中で投げ出すことはできない。これから、みんなで車座になって食事をするんです。そして父に乾杯を。彼はもうしゃべることができない。しかたのないことだけど。ひとことでいいから言ってくれればいいのに。もういいって。墓に入れてくれれば、それでじゅうぶんだって。もしもそれを聞くことができたら、どんなに楽だろうか！

男2　そうです。その食事をこれから取りに行くんですよ。でも食事をする前に、あなたはあなたの父と対話をしなければいけない。あなたの母親がそうしているように。そのための時間をあなたに与えるのです。それからわたしはこいつを捨てに行かなければならない。こいつの犠牲をもって、わたしはあなたがたと、あなたがたの大切な、死んでしまった男のための、最後の食事を引き取りに行くんです。たぶん！　あなたは、あなたの父と引き換えになる、こいつの顔を一度はっきりと見なくてはいけない。それにわたしはこいつがこのままこうやってつまらない縄に縛られてこの世にいるのが我慢できない。役立たずのクソ野郎め！　こいつは自然界において最初から駆逐されるべき存在であって、今日のこの日この場所までたどり着けたのは奇跡でも偶然でも幸運からくるものでもなく、たんに人々の好意にしがみついてきた結果でしかないのです。だから、これからこいつに起こることは自明のことであって、もう何千年も昔から決まっている定めなのです。というわけでわたしは、こいつを捨てに行って来ます。きっとまた戻りますよ！

男2は男3を連れて行ってしまう。男1は、彼らを見送って、それからしばらくして、母親に語りかける。

男1　お母さん、ご飯でも食べに行こうか。ぼくたちだけで。

女はあいかわらず沈黙している。男1は、直前の自分の発言がなかったかのように話し始める。

男1　ニューヨークのツインタワーに飛行機が突っ込んで、その映像をあのとき見てから、お母さんは飛行機に乗れないと言う。お母さんは、飛行機で一時間半の距離にあるおばあちゃんの家までいつも船で行く。そこまで向かう船の上で夜を明かすとき、どんな気分なの？　一等の個室をひとりで使うのは寂しい。狭く息苦しくても、見知らぬだれかと肌がぶつかるほうがいい。

でも、ぼくが東京湾から小笠原諸島(12)の父島に向かう二十五時間半の船(13)に乗ったとき、電波の入らない海の真ん中で二等客室は狭すぎて、横になってもとなりの人と肩がぶつかったり、船の揺れでみんな、だんだんと片側に寄ってきてしまったり、ぼくたちは巻き寿司かなにかのようだった。ぼくはひとりになりたくて、でもデッキに出ても見るものはなく、海も空も見ているのか見ていないのかわからない。潮風のせいで髪はごわごわとし始め、しかし、そのぶん船が進んでいるという実感もなかった。船酔いというのは、海に横たわる途方もない距離への気持ち悪さなのかもしれない。夜の海は黒くなにも見えず、黄色い太陽が昇ってようやく黄色く光る。ずっと海の水を自分のものにするにはどうすればいいのか、計量するにはどうすればいいのか、考えていた。

　船が父島に着いてから、ぼくはシャワーを浴びて、着替えてまた汗をかいて、ひとりで海岸線を歩いた。いろいろな場所の海岸線を歩いたことを思い出す。異常に大きい太陽がオレンジに輝いて海に沈もうとしていた。だれもいないちいさい堤防ですこしぼうっとして、また歩いた。だれかべつの人の意識が入ってきそうな暑さと、色のはっきりとした景色だった。赤や白の海。

　たとえばチリ、バルパライソ[14]の海岸線。カラフルな急な坂をのぼって、振り返って丘から海をのぞむと、向こうに街が浮いて見えた。霧がかかって、街は擦り切れたように細切れに見えた。向こうの街は、自分が立っているところとはべつの時間に漂っているようで、色もぼんやりしていた。でもたしかにそこにあった。このまま、歩いていけば、もしくは船を漕ぎ出せば、おそらく本当にわずかな時間で、そこにたどり着けたはずだ。天国はもうすでに着水していたんだ。かなり静かに。でも、ぼくは行かなかった。見えているところに行く意味がわからなくて。見えているだけでぼくにはじゅうぶんで。

父島の海岸線とその景色は線が太くしっかりとしていて、汗をポイ捨てしながらぼくは歩いた。むかし防空壕として掘られたというトンネルを越えると、愛想のわるいバーのマスターが迎えてくれた。彼は、日本が領有権を主張するよりも、三十年以上前に島に住み着いたアメリカ人の末裔だった。ぼくたちはあいさつをしてからずっと無口で、カウンターのなかにあるテレビの衛星放送を見ながら、アメリカ製のラム酒を飲み、海のうえにいじわるに置かれた島の気まずい時間を過ごした。ぼくと彼の生きる時代は、カウンターで隔てられ、それぞれの時間は逆方向に吹いているという感じで、それをごまかすためにたがいにニヤニヤしたり、会話と呼べない呻き声のやりとりをしたりしたものの、それはけっきょくなんの風も呼ぶことはできなかった。

マスターのランスは、戦争のあとの合衆国統治時代に島で生まれた。グアムの高校に通っていたころ、島は、沖縄よりも先に日本に返還された。ランスはできたばかりの小笠原高校に編入して、日本語で卒業してから、アメリカの軍隊で数年を過ごし、べつのビジネスをやったあとに、また島に戻ってきたという。巨大な歴史が彼とぼくのあいだを通過する。
カウンターの奥から、白くて丸っこい猫が出てきて、ま、猫はだいたい丸っこいものだけど、カウンターチェアに飛び乗って、ラム酒に近づいたところをランスに殴られて、猫は外に逃げていった。出て行く猫を見送って、またラム酒に向かっても、ランスにとってぼくは、猫よりも取るに足らない存在でしかなかった。べつの時間に生きている。

お母さん、彼はこのまま父島で死ぬつもりなんだろう。ぼくはそれに立ち会うことはない。たんなる旅行者にすぎないぼくには、彼と話したことをなにも覚えていることはできない。ぼくたちはなんの会話もできなかった。彼は島で生まれ島に吸い取られる。ぼくは島から立ち去る。歴史そのものの人と、いまを生きるだけの人。ぼくは線をつなぐ点と点にすぎず、ランスは点が線になる、その瞬間のような人だった。

別れの太鼓が鳴り響き、出航したおがさわら丸は汽笛を鳴らし、何人かの島民たちは、ボートでそれを追いかけ、手を振りながら海に飛び込む、というやりかたで、ぼくたちの出発を祝福していた。船は徐々に勢いをあげ、風を切る音や鳥の鳴き声なんかが聞こえた。ぼくの隣に、お母さんとおなじくらいの歳の女性がいて、島に向かって手を振りながら涙を流していて、この人は着水した天国とのつながりを持てたのかもしれなかった。

汽笛が鳴る。

男1　だれかがやってきた。いや、もしかするとだれかが旅立った報せかもしれない。到着したのか、出発したのか、いずれにしても、それはおなじ場所で起きること。それはなんだかぼくを眠くさせる。お母さん、旅をするということは始めるにしても終えるにしても体力のいることだね。お父さんはけっきょく終わったのか、なにか始めたのか。ぼくにはそのことを言うことはできなそうだ。

もう一度、汽笛が鳴る。男1は立ち尽くし、女は黙ったままいる。

3　青の世界

女の声が聞こえる。男たちは女のまえに集まる。

女の声　山脈の向こうに、落書きがひとりでに動き出す街があり、路地には観光客がその色を自分のものにしようと、勢いそのままに写真を撮っている。滑り落ちないようにと家々がへばりついている急な坂道のどれを登っても、教会にたどり着く。眼下には霞みがかった海が下僕のように広がっている。

教会の広場のベンチに座ってしばらく待っていると、何人かの業者が声をかけてくるだろう。教会の鐘を鳴らしてほしいのか、と聞いてくる。連中は馴れ馴れしく、君の肩を揉んだり、君の母親のことを褒めたりしてくるだろう。あるものは海を越え、あるものは山を越え、森を焼き林をかきわけて集まってくる。アンデスを越える山道は、埃くさくて草もあまり生えていない。土埃を巻きあげて、バスやトラックはひっきりなしに山を登ったり下ったりしている。巻きあがる土埃の一粒一粒が、かつて天使たちだったのだ！　教会に集まる、やつら奴隷商人たちは、元はその天使を捕まえて売ろうと集まってきたのが始まりだ。君の値段がきまったら、教会の鐘は鳴る！

この話は、長距離バスに乗っていたときに、隣に座っていたペルー人の男から聞いた。ペルー人は舌を出した。「実はおれもその一味なんだ」

長距離バスはもうどこを走っているのかもわからないような景色のなかを行き、やがてブドウの産地を過ぎたあたりで、太陽は月に隠されたのかというような勢いで、山の向こうに落ちていった。

「楽園とは、君、なんだかわかるかね。要するに身売りをするっていうことだよ。自分の根拠を、ほかの人に移してしまう。そうすれば君の精神にも肉体にも親や子どもや神様、この世のすべてにたいして、君が責任を持つことはなくなるんだ。いままさに君が思うとおり、それはたしかに死んだも同然だ。しかし、死のようなものこそすべて。ただ、楽園にいればいい」

「おれが死んだらもうなにも残らないだろう。おれは魂など信じないので、いまのうちに人間たちを集めておくのだ。それがおれの一番の贅沢なんだ。そう、いま君が思うとおり、神様にでもなったつもりさ」

ペルー人は醒めた目でウィンクをし、バスはそのタイヤで土埃を後続の車に撒き散らしながら、山を登りきった。山脈のなかにある国境で三時間待ってようやくチリに入国した。ペルー人はトイレに行くからといって、姿を消した。

出入国手続きは終わって、わたしたちは例の街へ。坂を登り、教会のまえの広場で座ってサンドイッチを食べた。

だけどだれも声をかけてくるものはいなかった。それもそのはず、こいつらはしゃべりすぎだ。自分がいかにして人生を生き、ここに立っているのか演説したってだれが喜ぶものか。語る人生はとたんに腐ってしまう。買う人間は買われる奴隷の人生に思いを馳せたりはしない。こいつらはまだまだ、死のようなものからは遠いところにいる。

そのペルー人がどこに行ってしまったのかずっと考えていた。海が見える丘から見渡す無数の街明かりは、昇り始める太陽によって白んだ空がかき消した。太陽が丘の背中から海を照らす直前の、街灯、家々から立ちのぼる輝きは、色とりどりの街を一瞬だけ透明に見せるのである。わたしはこの奴隷たちを連れて、来た道を戻ることにする。元いたところに戻るのだ。

汽笛が鳴る。女の声は消え、男1が立ち尽くしている、先の景色に戻る。

男1　海に戻るおがさわら丸のなかで、酔っぱらいが、あたりかまわず暴言を吐いて、みんなを辟易させていた。

「あいつらは天使なんかじゃない。孤島に逃げ込んだただのアホウドリだ。海に黒く浮くのは、おれとおれの死体だ」。もうなにを言っているのかわからなかった。すぐにみんな彼から興味を失って、ぼくも忘れていた。つぎの日の朝ぼくは船の食堂で彼を見かけたけど、もう酔っていなかった。夢から醒めてしまった。

お母さん、ずっと言おうと思って、言えなかったことがあるんだ。抱きしめさせてくれ。いつのまにか、動物の鳴き声も虫のささやきも聞こえなくなってしまった。ぼくたちは真っ暗な夜の海を漂う。派手な太鼓を叩いて、月をすこしだけ動かして、もう一度あの輝ける太陽の光を見つめよう。今度は直接、肉眼で。別れの太鼓を叩いて、もう一度祝福しよう。ずっと緊張しているんだ。だから出てきてこっちにきてくれ。長く続かなくてもいい。

そして、お母さんの魂をぼくに渡す手続きを始めてほしいんだ。それから、お父さんの灰を撒きに行こう。

彼らは動かない。

注

(1) ホピ族。

(2) パラグアイ共和国の首都。

(3) 一九九四年十一月三日にペルー、チリ、ボリビア、パラグアイ、ブラジルなどの南米大陸にて観測された。

(4) パラグアイのイグアス移住地。日本海外移住振興株式会社（現ＪＩＣＡ）の直轄移住地として一九六一年に設立。著名な出身者として、元ヤクルトスワローズの岡林洋一投手がいる。

(5) アルゼンチン、パラグアイ、ブラジル、ウルグアイなどで飲まれているお茶。飲むサラダと呼ばれ、コーヒー、東洋茶（紅茶、緑茶等）とならび、世界三大ティーに数えられる。

(6) ブエノスアイレスのベルグラーノ地区。高級住宅街として知られる。

(7) ベルグラーノ地区にある中華街。

(8) アフリカ単一起源説。人類の祖先はアフリカ大陸で誕生し、その後世界中に伝播していったとする、自然人類学の学説。

(9) 一九九七年にチリのモンテ・ベルデ遺跡で発掘調査を行った米国バンダービルト大学のトム・ディルヘイら考古学者のチームは、同地で一万四千年以上前に人類が居住していた証拠を発見したと発表。また、ブラジル北東部のセラ・ダ・カピバラにある洞窟では、四〜五万年前の地層から人が暮らしていた痕跡が発見されている。これらは、アメリカ先住民の祖先（モンゴロイド）がアメリカ大陸にやってきたとされる時代（一万二千年前から九千年前）よりずっと古い。また、ブラジルの北東部と南東部の洞窟で発掘された多数の人骨（一万二千年前から九千年前の地層から出土）は、復元の結果、オーストラリア先住民アボリジニーとニグロイド（黒人種）の特徴を併せ持つものであることが判明した。このことから、南米大陸へ初めに渡った人類は、定説であるベーリング海峡から南下したというモンゴロイドではなく、広大な太平洋を越えたアボリジニーの祖先であるという仮説が存在する。

(10) ブエノスアイレスの一地区。

(11) チョリソのこと。腸詰のソーセージ。

(12) 東京都23区の南南東約千キロメートルの太平洋上にある三〇余の島々。日本の国土で、東京都小笠原村の区域と完全に一致する。現在民間人が居住するのは父島・母島の二島のみ。十六〜十七世紀には存在は確認されていたが、十九世紀になって、欧米の捕鯨船が寄港するようになった。一八三〇年六月二十六日に、ナサニエル・セイヴァリーら白人五人と太平洋諸島出身者二十五人がハワイ王国オアフ島から父島の奥村に入植したのが居住の始まりとされる。その後、日本領土となるが、第二次世界大戦後、一九六八年に日本に返還されるまで、アメリカ合衆国の管轄下に入った。その際、島内言語は英語となり、欧米系の先祖を持つ島民のみ居住を許された。なお、北硫黄島では、一世紀ごろのものとみられる遺跡が発見されている。

(13) 本土（東京）と父島を結ぶ貨客船「おがさわら丸」。民間人が本土から父島へ向かう唯一の交通手段である。二〇一六年に三代目おがさわら丸が就航し、現在の航海時間は二十四時間に縮まっている（二代目は二十五時間半であった）。

(14) チリ共和国中部の太平洋に面する港湾都市。首都サンティアゴ・デ・チレの西方約一二〇キロメートルに位置し、日本語で「天国の谷」を意味する。その名の通り坂が多く、迷路のように入り組んだ歴史ある街並はユネスコ世界遺産に登録されている。

いいかげんな訪問者の報告書

ヘラルドと中華街

二〇一六年十月から二〇一七年八月まで、アルゼンチンのブエノスアイレスに住んだ。ブエノスアイレスで知り合った演出家に、ヘラルド・ナウマンというドイツ系アルゼンチン人がいる。彼とはちょっとしたすれ違いを乗り越えて、いい友人になった。彼は百八十センチを超える大男で、いつもおしゃれジャージを着ていた。肉とお酒が好きな、いかにもブエノスアイレス人《ポルテーニョ》という感じで、よく自分たちの作品について話し合ったものだった。彼はさいきん、インディペンデント系の劇場がいくつか集まるアルマグロ地区から、ビシャ・ウルキサ地区に引っ越した。ビシャ・ウルキサは、ブエノスアイレス自治市の北西の位置にあって、その東隣には、日本人駐在員たちも多く住んでいるベルグラーノ地区がある。ベルグラーノにはバリオ・チノと呼ばれる、いわゆる中華街があり、日本食材もそれなりに安く、それなりの豊富さでもって売られているので、ぼくもたまに買い物に行っていた。

ぼくはコロン劇場のあるセントロ地区のとなり、モンセラット地区の端っこに住んでいて、一ブロック歩くと「ブエノスアイレスの下町」と呼ばれるサンテルモ地区がある。じつのところ、住んでいるときはずっと、サンテルモに住んでいるとぼくは思っていて、日本に帰国する寸前に、ぎりぎりサンテルモではないということが判明してがっかりした。新興住宅街育ちのぼくにとって、下町に住むというのは一種の憧れだった。だからなのか、ぼくはいつまでたってもモンセラットという名前をおぼえることができなかった。家のオーナーであるフランシスコも、ここはサンテルモだと言っていたので、彼も自分の家がサンテルモにあると信じているのかもしれない。だが、重要なのは地名がなにかということではないだろう。

そんなフランシスコの家は、ブエノスアイレスでいちばん大きい7月9日大通りからチリ通りを一ブロック入った、タクアリ通りと交差するところにあって、そこには売店とスーパーがあり、スーパーは朝十時から夜十時まで開いていた。タクアリ通り沿いには、すぐ近くに警察署があって、夜でも比較的安心して出歩くことができたので気に入っていた。残念なのは、スーパーのなかに入っている肉屋が日曜日は閉まっていることだったが、あの名前も知らない肉屋は週六で働いているのである、そんな彼に文句を言う権利がぼくにあるはずもない。

そんなサンテルモ改めモンセラットの家からバリオ・チノまでは、警察署のまえを通り過ぎて、インディペンデンシア通りにまず出る。インディペンデンシアとは日本語で独立という意味で、7月9日はアルゼンチンの独立記念日であるので、ぼくはまさに独立の心臓に住んでいたのである。インディペンデンシア通りを南に行くと、二ブロックほどのところに、「在アルゼンチン日本人会々館」というのがあり、そこにはレストランもあったので、日本酒が飲みたくなるとそこに行っては熱燗を数本飲んで、数千円ほどのアルゼンチンペソを払った。

いまは日本酒を我慢し、切らしたみりんを買いにバリオ・チノに行かないといけないので、インディペンデンシア通りを北に向かう。するとすぐ、7月9日大通りと交差するポイントに、地下鉄インディペンデンシア駅はある。そこからC線に乗る。なお、インディペンデンシア駅にはE線も走っていて、それに乗ってフフイという駅で降りると、出口のすぐ目のまえに、在アルゼンチン沖縄県人連合会の会館がある。その二階にもレストランがあってそこでは沖縄そばが食べられるので、酒を飲みながら沖縄そばが食べたくなったらそこへ行ったものだった。残念なのは予約をしないとその店はなかなか入れないこと、それから泡盛がなかったので日本酒で我慢しなければならないことだったが、自分はなにもせず要求ばかりを並べることをわがままと呼ぶ。

E線にさらに乗って、メダシャ・ミラグロサという駅で降りてすこし歩くと、バリオ・コレアと呼ばれる韓国人街があって、そこではおいしい焼肉を食べることができる。料金は高いが、辛いものが皆無と言っていいブエノスアイレスにおいて、キムチがおかわり自由でハラペーニョまで出てくるこのエリアの焼肉屋は、ぼくにとっては天国のような場所で、なにもなくてもなにかのお祝いということにして、ときどきこの地区に行ったものだった。バリオ・コレアの隣にはボリビア人街があり、治安が非常に悪いと言われていて、焼肉を食べに行くときはいつも警戒心を体の前にもうしろにもぶら下げて歩いた。ボリビア人街の治安が悪いのは、南米における経済格差の問題が根底にあるので、ぼくはそのことには口をつぐむことにするが、辛いものを食べに行くのにちょっとした命がけの気持ちで、それは飛行機に乗るときの感じと似ていた。だが、ぼくは飛行機に乗ってでも、辛いものがないところからあるところに行く心意気である。

さて、辛いもので胃を荒らしてブエノスアイレスでは値段の高い豚肉に舌鼓を打ったあとは、米酢と海苔を買いに行かないといけない。じつはE線フフイ駅の隣の駅であるピチンチャには、ヌエバ・カサ・ハポネサという日本食品店があって、そこにもみりんや納豆などを売っているし、二階のレストランでは焼鮭や餃子なんかが食べられるのだが、サムギョプサルの消化のために一度インディペンデンシアまで戻ることにしよう。インディペンデンシア駅に戻ったら、いよいよC線で、これまた治安に心配のある終点レティーロ駅まで行く。ここで、電車に乗り換えるのだ。レティーロには巨大バスターミナルがあって、チリやパラグアイ、ブラジルなんかに行くことができる国際バスも数多く出ている。

ぼくにとっては、この長距離バスがいまや世界で一番好きな乗り物かもしれない。たとえば、世界一の水量を誇るイグアスの滝に近い、プエルト・イグアスのターミナルまでは、レティーロから十九時間かかるが、これがまったく苦にならないほど快適なバスといえば納得してもらえるだろうか。旅の醍醐味は移動することだとぼくは信じているが、なにもない広大な土地をバス会社が自主的に設定している制限速度時速九十キロで走り抜けると、地球の広さや自分の人生のことなどを見つめる時間を持つことができる。とは言いながら、たいてい闇夜で外なんか見えず、座席の快適さにぼくはすぐに深い眠りに落ち、寝ているうちに目的地についてしまうのだ。

今回は眠っているわけにいかない。レティーロの駅では警戒を怠るわけにいかない。ティグレというぼくがスマホを盗まれた遊園地がある駅方面行きの電車に乗って、二駅のベルグラーノCという駅で降りると、すぐに「中國城《バリオ・チノ》」と書かれた中華風の門が姿を現わすのである。あとは、この三ブロックくらいの中華街でみりんや米酢や海苔を買ったり、シイタケや昆布を物色したり、それから日本式の醤油やわさびやサーモンを購入するのである。なぜかというとブエノスアイレス最後の夜、ぼくはヘラルドに頼まれて、ビシャ・ウルキサのヘラルドの家で、滞在中お世話になった人やヘラルドの友だちに寿司をふるまうことになっていたからだった。

ヘラルドの家には、以前、引越し祝いパーティが開かれたときに呼ばれて、一度遊びに行った。

地下鉄C線インディペンデンシアから、ヘラルド家最寄りのB線フアン・マヌエル・デ・ロサス駅まではなかなか遠い。ブエノスアイレスでは、パーティといえばかなり早くて二十時、たいていは二十二時くらいに始まるので、帰るころには日付をまたいでしまう。とうぜん終電はなくなっている。彼の新しい家はアパートの一階部分にあって庭付きで、庭にはアルゼンチンらしくアサード（バーベキュー）用の焼き窯と呼んだらいいのだろうかそういうのがあり、そこで彼はチョリソを焼いて、客人たちにチョリパン（フランスパンにチョリソを挟んだもの）をふるまっていた。飲み物は、アルゼンチンといえば、と言うべき赤ワインと、アルゼンチンの安酒であるフェルネをコーラで割ったものがあって、フェルネを飲んだことがなかったぼくに、ヘラルドはちょっと申し訳なさそうな言葉遣いで、飲んでみたらいいよと言ってフェルネをよこした。ちなみにフェルネは、もとはイタリアのリキュールだそうで、端的に言ってまずい。アルゼンチンの牛肉もチョリソも赤ワインも頭がおかしくなるくらいうまいというのに、あのまずさがなぜおなじ場所に存在できるのかわからない。どの土地でもおそらく、うまいものとまずいものが混在しているだろうけれども、人間の味覚のバランスのために、そのどちらも不可欠なのかもしれない。が、それにしてもまずいのだ。

まずいといえば、アルゼンチン料理は肉とワインくらいしかうまいものがない。イタリア系移民が多いこの国では、パスタやピザも有名だというが、それらは牛肉の足元にも及ばない。これはただの個人的所感であるし、味の好みを突き詰めても争いしか起こせないのでもうやめよう。でも、フェルネはまずかった。

ぼくはそのフェルネを平気な顔をして飲み干すことが、ブエノスアイレスに馴染んでいる証拠みたいになるのではないかという仮定を勝手に設定することにしたので、それを飲み干してもう一杯！　とヘラルドの友人のだれかに注がせた。フェルネをしばらく飲んでいて、そうすると案外まずくないんじゃないか？　と思うようになったころ、ヘラルドは眠そうに今日は終わりと言った。招待客の大半はいなくなっていて、三時近かった気がする。平日であった。ブエノスアイレスは便利なことに路線バスが二十四時間運行しているので、三時まで飲んでも四時まで飲んでも問題なく帰ることができるのだが、このときはヘラルドの友だちで、明日ドイツに帰るというドイツ人二人と一緒にタクシーに乗って、ビリヤードができるバーに行った。だがそのあとのことはあまりおぼえていなくて、たぶんビールを飲んでいつものようにどうでもいい話をしたんだと思う。明け方、バスに乗って家路についた。

十二歳の女のデビュー

翌日に本番初日を控える舞台のリハーサルを見学してきた。ぼくをブエノスアイレスに迎え入れた劇作家、シンシア・エドゥルにヘラルドを紹介してもらい、リハーサルに招待されたのだった。アレマグロの地下鉄カルロス・ガルデル駅下車、徒歩五分のところにある会場。

そこは、古倉庫を劇場用に改装した場所で、灰色のレンガの壁や、倉庫らしい構造が丸見えになっている高い天井、それらの汚れなどが、この建物が過ごしてきた時の積み重なりを感じさせた。照明はその建物の雰囲気を最大限に利用するように、薄暗くささやかな感じに室内を照らしていた。

舞台向かって左手（下手《しもて》）、客席に近いエリアに置かれたピアノに男性が向かい、彼は客席に体の左側面を見られながらピアノを弾きだし、リハーサルは始まった。そのすぐあと、客席のうしろのほうから、人々の話し声が聞こえ、会場内にこだまするので、演出家は大きな声でそれを注意した。だが、それは待機中の俳優たちによる話し声ではなく、外の人たちの声が客席まで聞こえてきたのだった。

しばらくピアノの音色を聴いて眠くなっていると、下手の客席側から少女が登場し、ピアノの向こう側に立ち、客席からは彼女の上半身だけが見えている。少女は鉛筆を口にくわえ、そのままなにやらしゃべりだす。これはあとから聞いたことだったが、彼女にとって今回が初舞台であるという。緊張しているからなのか、人前で台詞をしゃべることへの恥じらいが捨てきれていないからなのか、体はこわばっていて、声は小さく、台詞も耳に入ってこない。慣れていないと言えばそれまでだが、つまりうまくない。

少女の呪文のような台詞にさらに眠くなっていると、客席の両脇から五人くらいの俳優たちが、演技をしていないふうに舞台に入ってきて、だがすぐに、それが演じていないふうの演技であり、演出家によってそのように指示されている、ということがわかる。

演出家は、なにかを言いたくなったのだろう。進行していく舞台の隙間に、なにか気の利いたことを差し込むタイミングをねらうかのように立ち上がった。彼はぼくの後ろの列に座っていて、リハーサルのどこに注目をして自分の仕事をしようとしているのか、どのような表情で舞台を見つめているのか、できればその姿を観察したかったが、見知らぬ外国人にうしろをとられたくないことはよく理解できた。むしろそんなやつがリハーサルを見て、どんなふうに反応するのか見たいはずだ。どこで笑うのか、どこで真剣な眼差しを送るのか、いつ座り直すのか、いつ集中力を手放すまいと努力しだすのか。初日前日のリハーサルでは、客席は演出家のものだ。ぼくはそのように彼を尊重した。

演出家は大きなくしゃみを二回した。演じてないふうに演じている俳優たちはそれを聞こえなかったことにする。そうこうしているうちに客席が暗くなってしまったので、このあとは覚えていることだけ記す。

しばらく暗闇と少女のなんとも言えない単調なセリフまわしが続いた。鉛筆を口にくわえる意味はけっきょく不明のまま舞台の裏に消えた。凛としていると言えば褒めすぎの、舞台上のだれも責任を負わないし、負う気もないというような時間がやってきた。つまりは静寂。それをぶち破るように、勢いありあまってつまずきました、みたいな勢いで台詞をしゃべりだしたのは、母親役の俳優と父親役の俳優。それまでの演じてないふうの演技から比較して、イグアスの滝のように落差のある演技だった。そのまわりに、照明機材を持つだけの俳優たちがいて、その可動式の照明機材で、メインの俳優たち、つまり大仰な演技の母親役父親役エンピツ少女などが動くのを追いかけて、照らしていた。少女は彼らの娘という関係性で、両親の友人らしき男が出てきて、少女にめんどくさい感じで粘着し始めたな……、などと考えていたところでおそらくぼくは寝た。

翌日夜二十時半、初日を観に、またカルロス・ガルデルまで行ってきた。

すこし早めに着いたので、会場に併設されているバーで赤ワインを飲み、すきっ腹のせいですこし気持ち悪くなった。例の少女は緊張しているだろうか。

座席につくと、前の列に座る男の図体がでかくて舞台が見えづらかった。アルゼンチンの国土みたいにでかいやつだった。

二十時半をすこしまわったころ、上演は開始された。リハーサルどおりに、下手で男性がピアノを弾き始めたものの、観客の一部はまだ入口付近で座る席を探していて、ざわざわしていた。すでに座っていた観客たちも隣の人とのおしゃべりに夢中だ。もしかするとピアノはそういう観客の状態を集中させるための導入剤なのかもしれない。そう信じて、ぼくはすべての人が座りきり、客席が静まるのを待っていたら、そうなる前に、例の少女は入ってきて、そしてしゃべりだしてしまった。昨日とおなじことを言うが、もともと、彼女の声は緊張のせいなのかなんなのか非常に小さい。そのうえ鉛筆をくわえてしゃべらなければいけないのに、普段どおりの小ささでしゃべるので、その声は客席のおしゃべりにかき消されてしまって、だれも彼女に注目することはなかった。

五人の俳優が入ってきてどたばたやりはじめて、ようやく静かになり、客席は演劇が始まっていたことを知った。

ぼくはリハーサルとおなじあたりで、また眠ってしまった。


後日ヘラルドから、このまえのリハーサル来なかったけどどうした？　というメールをもらって、ぼくは完全に人違いをしていたことを知った。どうりで、ヘラルドはいますか？　とリハーサル会場の人に聞いたとき、だれもがヘラルドってだれだよ、という反応をしていたわけだ。ぼくは自分のスペイン語がへたくそだから通じてないのだとかなんとか、自分を納得させていた。そしてリハーサルのあとは、作品に関する話は一ミリもしないまま、演出家とその彼女と三人でビールを飲んだのだった。

（「リアルキョートブログ」二〇一七年四月十五日の記事を加筆修正した）

俳優を探して海を越える女

京都でやる新作の出演者と契約するため、日本から川崎陽子がやってきた。その予定だったのだが、ペルー生まれで顔立ちも南米っぽい男が片言のスペイン語で日本の舞台演出家だと名乗っても、なんだか胡散臭いのである。出演俳優を探していると宣伝すると、「アジア行ったことないし舞台出てみたいな！　俳優やったことないけどね。でも演技はできるよ！」という輩ばかりが目立つのである。だからプロデューサーである彼女が来て、ちゃんとしたフェスティバルの企画であるということにお墨付きをもらいたいなと考えていた。それまではわりと適当な感じに俳優の当てをつけておいて、彼女が来たら本腰入れて探そうと思っていた。

夜九時、エセイサ国際空港に到着するというので迎えに行く。ブエノスアイレスの中心部からエセイサまでは三十キロ程度離れている。タクシーで四十分くらい、５００ペソ前後（三千五百円くらい）かかる。シャトルバスもあって、こちらは一時間、２２０ペソ（千五百円くらい）で行けるが、レティーロの乗り場まで行かないといけないのでめんどくさい。それから、路線バスでもエセイサ国際空港に行くものがあって、家の近くからだと8番のバスにインディペンデンシア通りから乗ることができた。料金は7ペソ（五十円くらい）で、なんだか納得のいかない運賃設定だが、とにかく圧倒的に安い。

そういうことでぼくは、路線バスに乗ることにするのだが、8番バスはインディペンデンシア通りからエセイサ国際空港まで二時間半から三時間はかかってしまう。市内中心部を抜けるのに一時間弱かかることもある。ぼくは地下鉄A線の終点サン・ペドリト駅まで行ってから、8番バスをつかまえることにした。そうすることで三十分程度は時間短縮できるのである。地下鉄は7・5ペソ（五十円強）だ。

なお、これらの運賃は、ぼくがブエノスアイレスを去った二〇一七年八月現在の数字であるが、アルゼンチンではインフレがひどくすでに値上がりしていると思われる。じっさいインターネットによると、シャトルバスはすでに260ペソになっていた（二〇一八年三月現在）。それから、ここでの円レートは、ぼくの滞在時の平均である1アルゼンチンペソ＝7円で計算しているが、これを執筆時のレートは5・25円だった。

サン・ペドリトで、バスを待っていると、バス停前の売店でホットドッグを売っていた。10ペソ。安い。セントロではその倍はするはずである。夜七時半、小腹が空いてきたぼくは危うくそのホットドッグを買いそうになるが、ぐっとこらえた。川崎陽子が来るのである。ようこそアルゼンチンへということで、ひさしぶりに外で肉を食べるチャンスをものにしなければいけなかった。問題は、彼女が成田からドーハ経由で来るため、三十五時間以上かかるということだった。肉を食べる気分にはなれないと言い出しかねない。バスに揺られて、ブエノスアイレス郊外の街灯を見つめながら、どうやって彼女を説得しようか考えていた。空港に到着するころ、彼女はワインが好きなはずだから、ワインで釣ろうということに決めた。

九時になっても、彼女が乗ったカタール・エアラインの飛行機は到着しなかった。一時間の遅れだという。しかたがないので、到着ロビー付近のバーで、空港値段のビールを買って飲んでいたら、すきっ腹のせいで気持ち悪くなってしまった。

川崎陽子とは見当はずれな舞台を観に行ったり、おもしろそうな俳優とワインを飲んだり、シンシア・エドゥルとミーティングをしたりした。予想していた通り、遠い日本からプロデューサーが来たのだから、普段は前もってくわしい時間設定をしない彼らが時間通りに来て、話は早かった。いつもは、サンテルモは遠いと言って自分の行動範囲に呼びつけるヘラルドがわざわざ自分の作品を売り込もうと、日曜日にもかかわらず、サンテルモまでやってきたのには驚いた。彼は以前、サンテルモにも住んでいたらしい。じゃあたまには会いに来てくれよとはぼくは言わずにいた。彼は、ここぞ下町サンテルモ、という感じのレストランに川崎陽子とぼくを連れて行き、午前中から牛肉とワインを決め込んだ。と言っても、二人の話が盛り上がるので、ぼくは途中でトイレにこもったのだが、それは早起きをすると腹を壊すという、ぼくの謎の体質のせいでもあった。

俳優探しも佳境に入ったころ、マルティン・チラと知り合った。彼は、ぼくがブエノスアイレスに来てまもないころに知り合ったマリーナ・サルミエントの紹介だった。ぼくがちょっと小汚い感じの見た目の俳優を探していると伝えると、いいのがいると言って紹介してくれたのが、チラだった。ぼくたちは、アレマグロ地区のギャラリーのようなところでやっているチラ出演の舞台を観に行くことにした。この会場では、べつの曜日にヘラルドの作品も上演していたので、来るのは二回目だった。ブエノスアイレスの小さな劇場では、曜日ごとにちがう演目をやっていて、ひとつの作品は毎週決まった曜日、決まった時間に開演し、それが数ヶ月続く、というのが一般的だ。立て込む感じの舞台セットなどは使えないので、そういうことをするには大きな劇場で公的な資金が入った公演をするか、自分の劇場を持つか、あるいは商業的な成功をおさめないと難しいようだった。

マルティン・チラ出演の演劇は、薄暗い会場の真ん中にぽっかりと空いた穴のなかで、俳優たちが土や水にまみれて、意味不明な奇声や台詞をひたすら繰り返すというのを、事前に渡されたペンライトで照らして観る、というもので、たしかにチラは小汚い感じ、というか泥まみれになっていた。作品は一時間程度であったが、最初の十五分くらいが経過したあたりで、客たちはもうペンライトを使うのをやめた。疲れたのである。それでも穴のなかに照明が仕込まれていたので、作品を観ることができた。

観終わったあと、アルマグロのいい感じのバーで、マリーナとぼくたちはワインを飲んでいると、チラもかけつけてくれた。チラは英語ができなかったので、川崎陽子は途中から酔ったのかチラに日本語でしゃべるようになって、だが英語で話しかけるよりもなんだか通じていたから、言語というのは不思議である。ぼくはシラフより飲んでいるときのほうが、スペイン語がうまくなるので楽しくなっていたけど、わりとそういう人は多いようで、これまで何人かおなじことを言っている人に会った。酔って、言葉がうまくなっている錯覚をしているだけかもしれない、という可能性は捨て切れないでいる。

チラとマリーナはけっこう仲良しで、というのも二人ともボリビアのシャーマニズムのようなものが大のお気に入りらしく、そして健康志向で牛肉はあまり食べないという点も共通していた。

ふたりの出演が決まったあと、マリーナが家に招待してくれるというので、チラと行った。マリーナはアーティストが多く住み、ナイトスポットとして名高いパレルモ地区の、パレルモ・ソーホーと呼ばれるエリアに住んでいて、ぼくのお気に入りの庶民的アサード屋からも近いところにあった。ぼくはブエノスアイレスの数多くのレストランで牛肉を食べたが、ドン・ニセトという名のこの店が一番好きだった。パレルモはレストランもバーもサンテルモに比べたら割安なほうだが、それにしても、ドン・ニセトは安かった。骨つきの牛肉とフライドポテトと赤ワインのボトルを頼んで、二人で250ペソ（千七百円）程度だった。もう値上がりしたかもしれない。一度この店に二人を呼びつけて食事をしたが、チラはまったく牛肉に手をつけなかったので、ぼくはそのぶん肉を楽しんだ。だが、ブエノスアイレス最後の夜の寿司パーティで、ぼくが作った豚の生姜焼き巻き寿司が大ヒットし、パーティに来ていた人たちが自分で巻き寿司を作り始めたあたりで、けっきょくチラも参戦して、彼が一番忌み嫌っていた豚肉を食べてうまいと舌鼓を打っていた。ぼくはにやにやしながら、この豚の生姜焼き巻き寿司は、おまえが大好きなボリビアに住んでいる日本人に教えてもらったんだ、と言おうと思ったけど、けっきょく言わないで、ただにやにやしていた。それにしても飯のことばかり記憶に残っている。

飲む前から酔っている男

京都のリハーサル会場近くのコーヒー屋が閉まったので、飲み屋に行った。そして生ビールを三つ頼んだ。そして川崎陽子がパソコンの電源を入れた。ぼくの隣には、飲むまえから酔っているような感じがする野村政之が目を閉じていた。これからわれわれは終わりない闇に落ちていく。生ビールがやってきたので、たがいにジョッキを持ち、重ね合わせ乾杯をした。それからぼくはエイヒレと鶏の唐揚げを頼んだ。鶏の唐揚げは、ぼくひとりで食べた。

じっさいのところ、われわれは苦戦していた。なにしろ出演者が台詞をおぼえないのである。だから作業のまえに一通り、彼らがどうやったら台詞をおぼえるのかという不毛な議論をして、予想された通り解決策はやってこないまま、不毛な議論はビールといっしょに胃のなかに落ちていった。午前二時、酔った若者たちが店内を行ったり来たりするなか、われわれはパソコンに向かって、データの精査をつづけた。上演はスペイン語でおこなわれる。本番の一週間まえから、われわれはこうやって、日本語字幕のブラッシュアップにつとめていた。字幕の言葉は簡潔に読みやすく、だが戯曲の言葉の質感を損なわないように、細心の注意を払わなければならない。

野村政之は、戯曲執筆の初期段階からぼくの相談役であり、沖縄を拠点に活動していたので、リハーサルのために京都に通ってきていた。たとえばもずくと芽かぶのスープをお土産に持ってくる彼は、週に一回か二回やってくるサンタクロースみたいに出演者から歓迎されていて、もずくと芽かぶのスープはその都度、その日のうちに飲み尽くされた。十月の京都は徐々に寒さが存在感を増して、観光客と寺のあいだをすり抜けていた。

川崎陽子は野村サンタがプレゼントを置く靴下のように出演者に寄り添い、やがて手放した。もはや気づかいをする余裕はない。彼女はチラに日本語で台詞がまちがっていることを指摘し、チラはいつもマテ茶を飲んでいた。舞台で使うマテ茶は、チラがアルゼンチンから持ってきてくれた。アルゼンチンではマテはお湯で出すが、パラグアイでは水出しの「テレレ」が一般的だ。

われわれは痛風になる可能性も無視してビールを飲み続けた。けれども、字幕のスライドデータはいっこうに減らなかった。一枚一枚ていねいに日本語の意味を考え、将棋を指すような慎重さで、観客が字幕を読みながら上演を観るのを想像した。それでも、当然のことだが、時計の針は止まってくれなかった。ぼくたちはインディアンポーカーのように「めんどくさい」とか「ねむい」とか「かえりたい」「ふつうにのみたい」とかいう言葉を額に張り付かせ、たがいの顔も見なくなってしまっていた。

やがてぼくは芋焼酎に移行した。連日こんな感じに作業するので眠気に首縄を絞められている気分だったが、焼酎を飲んでさらに自分を痛めつける。大丈夫、この痛みが明日の源になるから。たぶん。体のなかで強風が吹き荒れてやがて嵐に呼び名を変える。二人はためらいも見せずに、さらにビールを注文した。

台本通りに台詞が発せられたならば、観客はじゅうぶんに字幕を読む時間があり、俳優の表情も見ることができるだろう。表情とは、顔の表情、体の表情のこと。そのために、字幕は意味が瞬時に伝わるようにしないといけない。そうやって戯曲の言葉をスリムにしながら、言葉の骨の太さは変えず、肌感も体毛も残す、というようなことを話し合うのは、楽しかった。これをひとりでしていたら、途中で投げ出していただろう。

ぼくたちはだれもアルコールに惑わされず、妥協しなかった。戯曲はブラッシュアップされて、スペイン語で話される音の台詞と、日本語で映し出される文字の台詞が、ほどよく距離を保ちながら両立するだろう。

けっきょく午前四時ころ、今日はここまでと店を出て、いつものように烏丸通りを京都駅のほうへ歩いて、野村政之はホテルに戻り、川崎陽子はタクシーに乗って帰っていた。ぼくは滞在先のホテルまで自転車で、だが、パラグアイのようには星は見えない。もう見慣れた道、嗅ぎ慣れた京都の秋の匂い、明け方の車道の音を感じながら、部屋に戻って、そこのコンビニで買ったチリワインの残りを飲んで、ようやく眠る。明日はきっと寝坊するだろう、と思った日はたいていその通りになる。川崎陽子も野村政之もよく眠ってほしい。

もうすぐ本番がやってくる。今回はどうしてかあまり緊張しない。リハーサルはたいへんだったたし、ぼくと俳優たちのリズムをあわせるのも苦労したけれど、ぼくは言いたいことを言いたいように、そして俳優たちもスタッフもたぶんおなじようにしていたからかもしれない。ぼくたちが言いたいことを言いたいように言っているから、観客も思うことを言いたいように言ってくれたらいい。いや、でもやっぱり本番、観客が入って自分が書いて演出したものを観られるのを想像すると緊張する。あの緊張感のなか、俳優というのはよくもまあ平然としていられるものだといつも感服する。

訪問者

マルティン・ピロヤンスキーがリハーサル中に倒れた。台詞を言いながらとつぜん崩れ落ちた。みんなが駆け寄ると、リハーサル開始が午後一時開始のために食事をし損ねたという。しばらく青ざめた顔でいてから、スタッフが買ってきたカップそばを無心にすすっていた。たしかマルちゃんの緑のたぬきだった。ほかの俳優のリハーサル中、ピロヤンスキーのそばをすする音が稽古場に響く。背中を丸めて食べている姿を見ながら、天ぷらは体調不良に追い打ちをかけそうだと思った。

昼の限られた時間のなかで、なにを食べたらいいのかわからないということだったので、その日のリハーサル終了後、俳優たちを立ち食いそば屋に連れて行った。関西だしの効いたお気に入りの店。みんな喜んでいたが、ピロヤンスキーは調子が悪いと言って来なかった。栄養をたくさんとってほしい。

マルちゃんには、ブエノスアイレスでひどく世話になった。あそこでは、飲んだあとに開いている店といえば、ピザ屋かガソリンスタンドの売店くらいのものだった。ぼくは夜な夜なマルちゃんを茹でて、卵を落として食べた。マルちゃんの袋麺は、そのへんのスーパーで売っていて、しかし中華街に行くと2ペソくらい安く売っているのでいつも五袋くらい買って部屋に置いた。日清やサッポロ一番は、ヌエバ・カサ・ハポネサに行かないと見つけられず、一度も買わなかった。マルちゃんはコスパにも優れていたが、十ヶ月の滞在中に7ペソくらい値上がりした。

翌日、ピロヤンスキーは元気な顔をしてやってきたので、調子はどうかと聞くと、いいという。共演者から聞いて、昨日の立ち食いそば屋にも行ってきたらしい。彼に限らないが、みんな食べ物に関して進歩主義的で、日本人が外国人に食べさせようとしてやっぱり食べられない、えーおいしいのに！ みたいなやりとりはまったくできなかったので、それはよかった。エドゥアルド・フクシマをのぞいて、俳優たちにとって日本はおろかアジアも初めてだった。ひとりブラジルから参加のエドゥアルドは台北に一年住んでいたことがあって、一度だけ数日京都に滞在したこともあるらしい。それに彼はサンパウロ在住なので、そもそも日本食には慣れたものだった。

サンパウロには世界最大規模の日本人コミュニティがあって、(かつて日本人街だった)リベルダージには数多くの日本食レストランや土産物屋などが並んでいる。ぼくがサンパウロを訪ねたとき、リベルダージから南東に位置する彼の家に泊めてもらった。エドゥアルドは、亡くなった父親だったか叔父さんだったかの持ち家に住んでいて、ダンサーや映像作家など四人のアーティストに部屋を貸していた。ちょうど滞在中にぼくの誕生日がやってきて、家の庭でビールやサトウキビが原料のカシャーサを飲みながら、シュラスコをした。エドゥアルドは飲むとすぐ顔が赤くなってしまって、あまり強くない。ポルトガル語がわからないぼくは、英語とスペイン語で家のみんなと話した。アーティストは基本的にどこに行っても英語が話せる人が多いが、ポルトガル語とスペイン語は似ているところがあって、ぼくのつたないスペイン語も彼らにはわりと通じることが多かった。スペイン語圏に囲まれているブラジル人たちは、スペイン語話者に慣れているのかもしれない。

リベルダージの隣の地区のパウリスタ大通り沿いに、開館したばかりのジャパン・ハウスがあって、エドゥアルドと一緒にそこを訪ねた。だが、そこはひどくつまらない場所だった。一般的な日本の風景とはまるで違う、「伝統的な」陶器や箸、和紙などが無機質な空間に並べられていて、日本語の本が隅のほうに置いてあった。二階のレストランは、およそ一般人には手の届かない価格設定のされた和食屋がえらそうに入っていた。どうして日本政府が関係するとこうもくだらないものになるのだろう。エドゥアルドはとくに興味なさそうに数枚の写真を撮って、ぼくたちはすぐにその建物を出て、リベルダージのカウンターしかない居酒屋に行って、日本酒を飲んだ。

それから数ヶ月後、京都のカウンターで、リハーサルのあとにエドゥアルドとマリーナと、お好み焼きを食べた。お好み焼きはエドゥアルドの大の好物ということで連れて行った。サンパウロにもお好み焼き屋はあるが、高いのであまり食べられないらしい。

ビールを飲みながら、リハーサルの問題点や改善点など、彼らの意見を聞いた。ふたりは台詞がないか、ほとんどなかったので、余裕があるけれどもほかの俳優二人に嫉妬されているとも言っていた。そう言われても困るとぼくは言った。するとマリーナは、「I Know」と言った。

マリーナは京都に来てから、めきめき英語が上達していた。これを書いている二〇一八年三月時点でも、彼女はまだアジアを旅していて、すでに来日から半年が経とうとしているが、いったい仕事はどうしているのか、お金はどうしているのか、謎ばかりがつのり、ピロヤンスキーにそのことを質問すると、「Nobody knows」と言っていた。とにもかくにも彼女の英語はかなりうまくなっているだろう。

彼女はブエノスアイレスで食事をしたときに、「自分にとって日本はほかの惑星みたいな感じだから、行くのがちょっと怖い」と言っていて、ぼくは「じゃあおれは火星人かなにかか?」と不機嫌になったが、彼女はけっしてゆずらず、最終的に日本は火星と同じ感覚だと言い放った。つまり彼らにとって、日本は地球の裏側なのだ。

日本人が南米のことをよく、「地球の裏側」と表現することはぼくにとって悲しいことで、日本も裏側になりうるという思いを込めて、戯曲にはわざと「裏側」という言葉を書いているが、スペイン語ではそういう表現はないようで、「反対側」と訳されていたのだった。どっちにしても、地球の裏側に住んでいる人間などいない、というのがぼくの意見で、いつも自分がいるところが中心なのだ。中心が世界中にある。

ところでエドゥアルドと行動していると、彼がひとりの外国人として、もしくは観光客として、その場にいることを最大限に楽しんでいることがわかる。初めての日本長期滞在となった今回のリハーサルでは、彼はこの機会を逃すまいという感じで、毎日のように銭湯に通い、毎日のように服を買って、新たにスーツケースを購入した。彼はブラジルではほとんど買い物はせず、どこかに滞在したときにとにかく買いまくるのだそうである。

いっぽう、ぼくはどこででも観光客だと思われたくないのである。あたかも地元民かのようにふるまおうとするところがある。自分に関わりがあるような土地だと特にそうだ。

ぼくの両親は沖縄本島と札幌の出身で、そのどちらを訪ねても、自分は地元民のように、あえて地のものを食べずにチェーン店に入ったり、地下鉄やモノレールを乗りこなしているふうを装ったり、彼らのイントネーションを獲得しようとしたりするのである。だが、そういうことをいくらやってもその土地の人間になることはできない。その土地の人間にとって、ぼくは訪問者であり、自分の親や親戚がそこの土地の人間である、ということにしかならないのである。

約一年、ブエノスアイレスに住んでみて、もしかしたら、すこしはブエノスアイレスの人間になれたかもしれない。サンパウロやチリのバルパライソなどからブエノスアイレスに戻ってきて、ぼくはほっとするようになっていた。でもあの滞在がぼくにとって重要だったのは、ブエノスアイレスがぼくにとってのホームタウンかどうかではなく、住んでいない土地の人間にはどうやってもなれない、と実感したことだった。

訪問者には訪問者の役割というのがあって、たとえば狭いコミュニティの土地に行くと、地元民同士では話さないような、その土地やコミュニティの不満や秘密を聞くことがある。もしくは彼らが誰にも見せたくない、自分たちも直視したくないというような現実を垣間見ることができることもある。そういうのはふいにやってきて、地元民が集まる飲み屋でぽろっと出てきたり、その土地に住んでいる移住者の人と飲んでいるときに聞いたり、酒がないと買いに出た夜の街で見つけたりする。

この場合、訪問者は愚痴を言うことのできるストレス解消装置だったり、現実を直視するための刺激だったりする。だが、訪問者が深く手を入れようとすると、たいていの場合は、彼らは拒否反応を示し拒絶する。訪問者はあくまで外部の人間で、変化の中心部にいてはいけない。刺激としての外側に位置しなければいけない。

ぼくはこれまでいくつかの場所を訪ねて、そういう体験を思い出して、だから最近は、ちゃんと訪問者という立場を崩さないように気をつけ、その土地の人間になろうとする気持ちを遠ざけ、そういう役割をまっとうするためのふるまいについて試行錯誤を重ねている。そうすることで、自分も外部の人間ながら、そこの社会に参加することができるのではないかと考えている。でも、それがちょっとさみしいときもある。

ブエノスアイレスで日本語を殺す

アルゼンチンにやってきて二ヶ月しか経っていないので、まだまだ日本の地にいたときの身体性をおぼえている。正確にいえば身体の感覚というのは、ことばよりも視覚の記憶よりもずっと長いあいだ残るものだから忘れるはずもないのだけど、その感触がなまなましく残っている。だが、三十六時間におよぶフライトの末、ブエノスアイレスの空港に降り立ったときの強烈な身体感覚からはじまる、一年のこの滞在で、それは少しずつ更新されていくにちがいない。

いま思い出すこととして、高校時代にアメリカのオクラホマ州の医者もいないという町に一年くらしたことがある。あのときは一九九九年で、メールもネットもまだあんまり普及していなかったから、友人たちとはたまに手紙のやりとりをし、家族にはたまに国際電話をかけ、近況をつたえた。二〇〇〇年の夏に帰国したときには、サザンオールスターズの『TSUNAMI』が爆発的に売れたということを知らず、ちょっとした浦島太郎気分で、自分もそれを指摘した友人も驚いたものだった。

で、いまはもうそういうのはもちろんなくて、日本にいるときとおなじようにＬＩＮＥの通知がやってきて、東京のひとたちと仕事の話をし、日本のヤフーニュースを毎日チェックする。

ブエノスアイレスというお世辞にも治安がいいとはいえない場所で、たとえば夜道にいちいちうしろを振り返りながら、たとえば酒に酔って気がゆるみそうになるのを自制しながら、たとえば路上のペルー人にゴミを投げつけられながら、日本のニュースを見たり、日本の連中と連絡をとったりするのは、奇妙なものだ。情報が自分の身体感覚からすこしずつずれていく。路上を歩く自分と関連するのかあやしくなってくる。けれど文字としてそれらはやってくる。

夕暮れどきに修繕中の黒い建物のまえ、しょんべんくさい道に座って物乞いをしているおっさんや、地下鉄の入口に座ったままでただ日が落ちるのを待っているようなおっさんを見ていると、ヤフーニュースの見出しの日本語はただの記号になりえる。けれどぼくはそれを読んで理解する。

昼下がりに日射しを睨《にら》みながら赤い石畳を歩いて、歴史的なサンテルモ地区にある日系の食堂へ。炭酸水を飲みながら、あますぎるタレのかかった天丼がやってくるのを待っている。そのひとつひとつの動作を、すべて日本語にもとづいてやっている。

そしてぼくはひとりだ……。

ひとりでここにいる。罪悪感を覚える。日本語にしがみついていることに。なにかあればすぐに「日本」という、自分の身体感覚とは相いれない幽霊みたいな存在に寄りかかろうとする。黄色い明け方に、レンガ造りの家と家のあいだからゴミと人間のあぶらの混じったような匂いが立ち上がってくるのを眺めている。けれど孤独だということではない。寂しいというのでもない。自分がなにに頼って日々をすごしていたのか、だれがつくった道路を歩いていたのか、思い知らされる。自分がいちばん嫌がっていたものにまとわりつこうとするその姿を、埃がはりついて日焼けした窓から見ている。

しがみつこう、寄りかかろう、まとわりつこうというしぐさは、剝がされ落とされ捨てられかけていることを意味しているのかもしれない。いや、かもしれないではなく、そうなのだという緩くも確かな感覚が、自分のいままで使っていなかった身体の部分にあることに気づく。それは最近のこと。

東京メトロ丸ノ内線をかつて走っていた車両に乗って、線路などないのではないかという揺れに驚くことも、照明が異常に暗い車内でスリに気をつけることも、いつのまにかしぜんになっている。日本の芸能ニュースと経済のニュースが一緒くたになったのを、くだらない気持ちで見つめていても、ひざのうえに置かれるガムの値段をちゃんと確認している。車内では売り子がひんぱんにやってきて、その商品を座っているぼくや、となりに座るファンだかパブロだかエミリアだか知らないが、そういうアルゼンチン人のひざのうえに、ちゃんと落ちないように乗せていくのだ。売り子が戻ってくるまでに、それを買うか、自分のひざをくたびれた商品の一時保管所にするかを決めなくてはいけない。硬直したままのひざで、一駅を行く。売り子が戻ってきて、もうぼくのものでなくなったひざからガムを回収していった。

地下鉄を乗り継ぎ、バーやレストランと緑の木々とがまざって雑踏になるレコレータ地区へ行った。その人混みをかきわけて、日が沈んで青くなった公園のなかに位置する、白い建物でコンテンポラリーダンスを見た。白い壁、それから高い天井の空間で、ひとりの女性が自分の身体に眠るさまざまな記憶を取り出して、白いリノリウムの床に広げていくのを見つめる。そしてぼくは彼女といっしょに、自分の身体のことを観察しはじめる。

ブエノスアイレス、最初の数日の緊張につつまれた身体は、ひとに話しかけることをぼくに躊躇させたし、相手のことばがわからないときの身体は、ぼくから日本語だって奪っていこうとした。いまだってそれは続いていて、たえず揺れ動く身体の状態、感覚はぼくをいちいち変化させていく。ぼくの目のまえで、興奮気味に息をはげしくしてその彼女の身体は、悲鳴をあげるかのように、怒っているように、あるいは優しい気持ちであるように、移動していた。

つたないスペイン語でなんとか生活を成り立たせているいま、ぼくの身体が少しずつ変化していることを自覚するのは、やっぱりぼくの身体にほかならないのだけれども、家にかえってきて、また日本の知人友人のメッセージを読みながら牛肉を焼いているときに、ぼくの日本語の身体がわずかに失われていることに気がつく。もしもそれを失われると表現をするならば。

いままで使っていた日本語が身体に合わない、という感覚はすなわち、いったんぼくの日本語を殺して、そしてあたらしい言語感覚の身体で、あたらしい日本語を獲得するということの可能性を秘めている。

(「新潮」二〇一七年二月号)

三月二十四日

ひさしぶりに沖縄に来て、那覇で南米での体験を話す機会があった。一時間程度のトークのあと、アサードをやることになっていて、肉の調達をしなければいけない。分厚い肉の塊は日本ではスーパーなどではあまり売っていないので、会場となる銘苅《めかる》ベースの安和《あわ》兄弟と車に乗って探しに出かけた。安和兄がここならあるだろうとあてをつけたスーパーでは適当な肉を見つけられず、昼時だったこともあって、肉を探す旅は南米料理屋に行くというプランに移行した。

沖縄には南米移民から戻った人たちやその子孫たちが多く住んでいる。われわれは銘苅ベースのある那覇市銘苅から車で三十分くらいの北谷町のブラジル肉料理屋まで行ったものの、その日は定休日だった。けっきょく銘苅ベースのすぐ近くに、アルゼンチン軽食屋があるらしいという情報を見つけたので、戻ることになった。

ゆるやかなカーブが坂をのぼるところに、その店はあって、チョリパンやエンパナーダなどが売られていたので食べた。

そしてお店の人に肉の情報を聞くことができた。この人は南米帰りで、近くに住む日系人たちと週末にアサードをやることもあるらしい。日系人御用達の肉屋があるらしい。名護市の北側にある今帰仁村《なきじん》で、チョリソをつくっているところがあるということも聞いた。名護には、ペルーの祖母の妹が住んでいて、今回の滞在でも顔を出すことになっていたので、そのときに今帰仁に寄ることにした。

今帰仁の、港に向かう道の途中に、チョリソをつくっているというお店はあった。初老の男性がひとりで作業をしていたので、二キロほどほしいと告げると冷凍されたチョリソが出てきた。思い切って話しかけてみると、ブエノスアイレスで小学生から二十年ほど過ごしたそうだ。ぼくがブエノスアイレスに住んでいたことを話すと、それまで怪訝そうにぼくを見ていた彼の顔つきが明るくなって、スペイン語で話しかけてきたので、ぼくもひさしぶりのアルゼンチンスペイン語を楽しんだ。会話は他愛のない世間話だったけれど、彼はなつかしそうにブエノスアイレスでの生活のことを話していたので、ぼくもブエノスアイレスに戻りたい気分になってしまった。人間というのはやっぱり言葉で構成されているんじゃないか、などと思う。ぼくですらアルゼンチン特有のなまりのあるスペイン語を聞くとにやけてしまうのだから、彼のように青春時代をそこで過ごした人間にとって、他人とスペイン語で会話する時間は短くても幸せな時間になるのかもしれない。そうだとすれば、それはとてもうれしい。

名護の市役所近くの民宿に戻り、冷凍庫にチョリソを入れた。忘れないようにしなければばいけない。その夜は、祖母の妹夫妻とその息子、つまりぼくの父親のいとこ夫妻と食事をした。刺身の味噌和えというのを初めて食べて、おいしかった。それにしても食べ物の話ばかりしている。何年か前に、母親がぼくの舞台を観にきて、「アンタの舞台では毎回のように食べ物の話が出てくるから、なんか食べ物に対しての執着があるんじゃないかと心配になる」というような感想を言っていた。

トークイベントはなんとか終わった。人前に出るのが苦手なぼくがそこまで緊張しなかったのは、企画のゆるさと、来場者たちの熱心に話を聞いてくれる雰囲気のおかげだったように思う。

そのあと、お待ちかねという感じで肉を焼いた。アサードは炭火でじっくり焼くので時間がかかる。肉を待ちきれない人たちのプレッシャーに押されて、まだ頃合いでない肉をいくつか提供してから反省し、それからはなにがあっても彼らを待たせることにした。

沖縄のステーキとは違う調理法と味にみんな満足していたのでよかった。沖縄市に住む、これまた父親のいとこが来てくれて、彼も最後まで残ってくれていたから、相当に肉がうまかったのだと思う。肉を炭火でじっくり焼きながら、ちょっと南米の話をして、塩を振って肉を切って、それだけでみんながおいしいおいしいと言ってくれるのだから、こんなにいいことはない。

チリワインを飲んで、泡盛を飲んで、ウィスキーを飲んだところで、楽しい気持ちのまま、気づくと銘苅ベース二階の和室に敷かれたフトンのうえで目が覚めた。いつのまにここに移動したのかわからなかったが、昨晩から意識が途切れずにいるような感覚がつづいていて、もしかして死ぬときはこういうふうに意識がつづいていくのかもしれない、となぜか感じたので、フトンのうえでしばらく自分は生きているのか死んでいるのかわからなかった。それから我に帰って、ちょっとゴロゴロしていたら飛行機の時間が迫っていることを思い出して、急いで宿に戻り、シャワーを浴びて、パッキングをして、空港へ向かって、離陸十五分前に着いてなんとか乗ることができたのだった。

あとがき

この本に収録されている三つの戯曲は、二〇一三年から二〇一七年まで緩やかに続いた、ラテンアメリカなどの各国や、沖縄、小笠原など、各地での取材や旅行の経験により生まれたものです。北海道生まれの母親と沖縄生まれの父親を持ち、ペルー生まれでありながらずっと関東にへばりつくように生活していたぼくが、いろいろな土地に出向くようになったのがこの頃で、各地を旅し自分の体験をひろげながら、日本語戯曲の可能性を探ってきました。

ぼくの書く戯曲は、長い一人台詞が主体になっていて、しばしば小説のようだと言われることがあります。書いているのはあくまで台詞なので、その指摘は見当違いに思いますが、見た目がそういうことなのだと理解しています。ところで、戯曲というのが基本的に台詞の連続であることから、多くの読者から敬遠されていると思います。いや、ぼく自身、戯曲を読むのが苦手なのです……。

そういうこともあって、小説のようだと称される見た目を最大限に利用し、できるだけ読みやすく、という方針で今回の体裁をとっています。けれども、これらはあくまで「戯曲」です。あとがきとして、『バルパライソの長い坂をくだる話』が最終候補作にノミネートされたさいにウェブ上に発表した文章を以下に載せることにします。ぼくが戯曲をどう考えているかについて、書いています。

演劇のいくつかある機能のうち、「誰かの言葉（あるいは出来事）を、べつの誰かが、誰かに伝える」という機能に、ぼくは重大な関心を持っている。つまりは「伝聞」のこと。

演劇は、映像のようになにかの「出来事そのもの」を表現することに向いていない表現だ。演劇とは、生身の人間が上演するのを観客が観ることだと、ぼくは信じているが、そのときにたとえば、人の死そのものをそのまま、表現することはできない。その場合、出演者は死んだ「ふり」をしなければいけない。ふりはできても本当に死ぬわけにはいかない。観客も、その役の人が死んだことになったと理解しなければいけない。

いっぽうで、演劇では人間の「反応」をよく観ることができる。その反応のなかでも、「なにかの知らせを受けたその人の反応」が、一番おもしろいとぼくは思う。たとえば、誰かが死んだ、という知らせを受けたときの、その人の反応。知らせを受けた人がなにを語るのか、どのような行動に出るのか、どんなふうに精神や身体が変わるのか、が演劇における最大の見どころだ。知らせを受け反応する人がいわゆる主役である。

そういうわけで、ぼくは知らせをもたらす人、あるいはもの＝「メッセンジャー」に注目して戯曲を書いている。極端な話、ぼくが書く戯曲にはメッセンジャーしか出てこないと言ってもよい。台詞をしゃべる人は必ずなにかの知らせをする。そして、その知らせを受けて反応してほしいのは、読者（観客）だ。だから、ぼくの戯曲において主役は、それを読む人という想定になっている。誰か（作家）の言葉を、メッセンジャー（登場人物＝俳優）が知らせ、それを受ける主役（読者＝観客）が変わる、ということをいつも目指している。これが、ぼくが書いている戯曲だ。

ぼくは俳優をとても重要な存在だと思っている。彼らが、自分がふだん思ってもいない、誰かべつの人間の言葉を語ることができるからだ。つまり俳優の職能のうち、メッセンジャーとしての能力を重視している。もしも人間が、自分に起こったこと、自分が体験したこと、自分が思うことしか語れなかったならば、それは想像力がないということだ。物語は受け継がれなくなってしまうだろう。自分に起きていないこと、自分が体験していないこと、自分が思っていないことを語り、それを聞いて想像するという行為は、他人に関心を持つということでもある。それが人間の作る社会の根本であり、最も重要なことなんじゃないか。

誰もが、自らの体験や視点を提示できるようになった現代だからこそ、誰かの言葉を聞いて、想像するということがないがしろにされてしまっているかもしれない。ぼくが危惧するのはそのことであるし、演劇が機能するのもそこなのだと考える。他者と他者をつなぐ役割を担うメッセンジャーを重視するのは、そういう理由からだ。


「戯曲について考えること」(二〇一八年一月二十三日発表)より加筆修正

収録三作品とも、ぼくがどこかで誰かから聞いたことを元にして書いています。つまり、作者であるぼく自身もひとつの媒体、メッセンジャーのつもりです。今回同時に収録したエッセイ集「いいかげんな訪問者の報告書」も、基本的にはおなじ考え方で書いています。ぼくがこの数年で、会って話を聞いた人の何人かはもう亡くなってしまいました。もう会うことのできない人のことを、ぼくはずっと想像したい。出会ってきた人たち、まわりにいてくれた人たち、もういなくなってしまった人たちに最大限の敬意を表します。

二〇一八年三月、沖縄にて

神里雄大

バルパライソの長い坂をくだる話

作・演出：神里雄大

2017年11月3日〜5日／KYOTO EXPERIMENT 2017／京都芸術センター講堂／岡崎藝術座公演

出演：マルティン・チラ、マルティン・ピロヤンスキー
マリーナ・サルミエント、エドゥアルド・フクシマ

ドラマトゥルク：野村政之
翻訳：ゴンザロ・ロブレド
美術：dot architects、廣田碧
衣裳：大野知英
照明：筆谷亮也
音響：西川文章
舞台監督：大久保歩（KWAT）
通訳：田尻陽一
宣伝美術：吉田健人（bank to）
記録写真：井上嘉和
記録映像：桜木美幸
英語字幕翻訳：オガワアヤ
日本語字幕作成：川崎陽子、野村政之、神里雄大
制作：川崎陽子
製作・主催：KYOTO EXPERIMENT

2017年11月24日／早稲田大学小野記念講堂／岡崎藝術座リーディング公演

出演：古舘寛治、鷲尾英彰、大村わたる（柿喰う客）
照明：筆谷亮也
音響：和田匡史
協力：マッシュマニア
主催：早稲田大学演劇博物館、新宿から文化を国際発信する演劇博物館実行委員会

イスラ！ イスラ！ イスラ！

作・演出：神里雄大

2015年～2016年ツアー／岡崎藝術座公演

［熊本公演］2015年12月3日・4日、早川倉庫
［京都公演］2015年12月17日～20日、京都芸術センター フリースペース
［東京公演］2016年1月9日～17日、早稲田小劇場どらま館
［横浜公演］2016年2月3日～8日、ST スポット
［三重公演］2016年7月9日・10日、三重文化会館 小ホール

出演：稲継美保、嶋崎朋子、武谷公雄、松村翔子、和田華子［熊本、京都、東京、横浜公演］
稲継美保、遠藤麻衣（二十二会）、小野正彦（岡崎藝術座）、武谷公雄、和田華子［三重公演］

美術：稲田美智子　**照明**：筆谷亮也　**音響**：和田匡史
技術監督：寅川英司　**技術助手**：河野千鶴
舞台監督：渡部景介［熊本・京都公演］、横川奈保子［東京・横浜公演］
映像：ワタナベカズキ　**写真撮影**：富貴塚悠太
宣伝美術：古屋貴広（Werkbund）
英語字幕翻訳：オガワアヤ
制作協力：古殿万利子（劇団きらら）［熊本公演］、加藤仲葉［三重公演］
制作：内山幸子、川崎陽子
企画制作：株式会社 precog　**統括プロデューサー**：中村茜
チーフプロデューサー：黄木多美子
デスク：河村美帆香
制作：松本花音、兵藤茉衣
制作インターン：穂坂拓杜
デスクアシスタント：水野恵美
製作・主催：岡崎藝術座、株式会社 precog
三重公演主催：岡崎藝術座、株式会社 precog、三重県文化会館
共催：京都芸術センター［京都公演］、早稲田大学［東京公演］、ST スポット［横浜公演］
助成：公益財団法人セゾン文化財団、芸術文化振興基金、
アーツカウンシル東京（公益財団法人東京都歴史文化財団）［東京公演］
ACY アーツコミッション・ヨコハマ［横浜公演］
協力：プリッシマ
後援：レディオキューブ FM 三重［三重公演］

+51 アビアシオン，サンボルハ

作・演出：神里雄大

2015 年ツアー／岡崎藝術座公演

［横浜公演］2 月 13 日〜20 日、ST スポット　［鹿児島公演］2 月 28 日・3 月 1 日、e-terrace
［熊本公演］3 月 6 日・7 日、早川倉庫　［京都公演］3 月 11 日〜15 日、元・立誠小学校 講堂
［東京公演］3 月 19 日〜23 日、Tokyo NICA: Nihonbashi Institute of contemporary arts
［福岡公演］5 月 10 日、イムズホール（イムズパフォーミングアーツシリーズ 2015 vol.2、第 9 回福岡演劇フェスティバル参加作品）
［仙台公演］5 月 30 日・31 日、せんだい演劇工房 10-BOX box-1
［札幌公演］7 月 4 日・5 日、シアター ZOO（シアター ZOO 提携公演【Re：Z】）

2016 年ツアー／岡崎藝術座公演

［シドニー公演］1 月 21 日〜24 日、Carriageworks（Sydney Festival）
［横浜公演］2 月 6 日〜8 日、ST スポット
［ブリュッセル公演］5 月 23 日〜28 日、Les Brigittines（Kunstenfestivaldesarts）
［三重公演］7 月 9 日・10 日、三重文化会館　小ホール
［パリ公演］10 月 5 日〜9 日、Théâtre de Gennevilliers（Festival d'Automne à Paris）

2017 年ツアー／岡崎藝術座公演

［ジャカルタ公演］9 月 6 日・7 日、Salihara Black Box
［ジョグジャカルタ公演］9 月 10 日・11 日、Kedai Kebun Forum

出演：小野正彦（岡崎藝術座）　大村わたる（柿喰う客）　児玉磨利（松竹芸能）
ドラマトゥルク：荒尾日南子　**照明**：黒尾芳昭［2015 年］、筆谷亮也［2016 年〜2017 年］
音響：和田匡史　**技術監督**：寅川英司［〜2016 年 3 月］
舞台監督：河野千鶴、渡部景介［2016 年 3 月］　大久保歩（KWAT）［2016 年 7 月〜2017 年］
映像：ワタナベカズキ　**写真撮影**：富貴塚悠太　**宣伝美術**：古屋貴広（Werkbund）
英語字幕翻訳：オガワアヤ
制作協力：四元朝子［鹿児島公演］、古殿万利子［熊本公演］、植村純子［京都公演］
加藤仲葉［三重公演］　**制作補佐**：水谷円香［〜2015 年 3 月］
企画制作：株式会社 precog　**統括プロデューサー**：中村茜　**チーフプロデューサー**：黄木多美子
デスク：河村美帆香　**制作**：松本花音、兵藤茉衣
デスクアシスタント：水野恵美、岡本縁、崎山貴文
製作／主催：岡崎藝術座、株式会社 precog
三重公演主催：岡崎藝術座、株式会社 precog、三重県文化会館
助成：公益財団法人セゾン文化財団、芸術文化振興基金
アーツコミッション・ヨコハマ［横浜公演］
アーツカウンシル東京（公益財団法人東京都歴史文化財団）［東京公演］
協力：柿喰う客、松竹芸能、公益財団法人日本国際協力財団
NPO 法人フリンジシアタープロジェクト［京都公演］
後援：レディオキューブ FM 三重［三重公演］

著者略歴
一九八二年、ペルー共和国リマ生まれ。

作家、演出家。演劇団体「岡崎藝術座」主宰。

生後半年ほどで日本に移住し、神奈川県川崎市で育つ。

早稲田大学第一文学部卒。

二〇〇三年に「岡崎藝術座」を結成。二〇〇六年、『しっぽをつかまれた欲望』（作・パブロ・ピカソ）で利賀演出家コンクール最優秀演出家賞を受賞。

二〇一六年十月～二〇一七年八月、文化庁新進芸術家海外研修制度の研修員としてアルゼンチン・ブエノスアイレスに滞在。

二〇一一年度～一六年度、公益財団法人セゾン文化財団ジュニア・フェロー。

他の主な作品に『ヘアカットさん』、『（飲めない人のための）ブラックコーヒー』などがある。

上演許可申請先
岡崎藝術座　http://okazaki-art-theatre.com
神里雄大　kamisato@okazaki-art-theatre.com

装幀　吉田健人（bank to）
カバー写真　神里雄大

バルパライソの長い坂をくだる話

二〇一八年四月一〇日　印刷
二〇一八年四月三〇日　発行

著　者 ©　神《かみ》里《さと》雄《ゆう》大《だい》
発行者　及川直志
印刷所　株式会社　理想社
発行所　株式会社　白水社

東京都千代田区神田小川町三の二四
電話　営業部〇三（三二九一）七八一一
　　　編集部〇三（三二九一）七八二一
振替　〇〇一九〇-五-三三二二八
郵便番号　一〇一-〇〇五二
www.hakusuisha.co.jp
乱丁・落丁本は、送料小社負担にてお取り替えいたします。

株式会社松岳社

ISBN978-4-560-09636-9
Printed in Japan

白水社刊・岸田國士戯曲賞 受賞作品

第六十二回岸田國士戯曲賞発表

▼白水社

受賞作

『バルパライソの長い坂をくだる話』神里雄大

『あたらしいエクスプロージョン』福原充則

［選考経過］

第六十二回岸田國士戯曲賞（白水社主催）は、二〇一八年二月十六日（金）の午後五時より、東京神田錦町・學士會館にて選考会を行なった結果、右記の作品に決定いたしました。受賞者には、正賞・時計、副賞・賞金二〇万円が贈られます。

左記の八作品が審査の対象になった最終候補作品です。

糸井幸之介『瞬間光年』

サリngROCK『少年はニワトリと夢を見る』

福原充則『あたらしいエクスプロージョン』

山田由梨『フィクション・シティー』

神里雄大『バルパライソの長い坂をくだる話』

西尾佳織『ヨブ呼んでるよ』

松村翔子『こしらえる』

山本卓卓『その夜と友達』

（著者アイウエオ順）

［選考委員］岩松了、岡田利規、ケラリーノ・サンドロヴィッチ、野田秀樹、平田オリザ、宮沢章夫

株式会社　白水社

第六十二回　岸田國士戯曲賞選評

演劇における言葉の問題

岩松　了

サリngROCK『少年はニワトリと夢を見る』は他の作品にはない独自の劇世界を創り出している。それは迷子感とでも言うべきか、世界を前にしたときの個人の所在の無さに作者が目を向けることによって生まれるものと思うが、劇の中の人物たちはその世界と個人の隔たりに自覚的ではない。そこに言いようのない寂寞があり、人物が明るくなればなるほど我々はその明るさの根拠の無さを自覚させられる、という仕組みだ。このあって然るべき言外のものへの作家の感受性を評価すべき（少年の犯罪を安易に作りすぎているという弱点はあるものの）と考えたが、他の選考委員の賛同を得られなかったのは残念である。

それに対して、ほとんど言葉のみ、といっていい神里雄大『バルパライソの長い坂をくだる話』の評価の高さは何だったのだろう？　今でも私はこれが演劇と言えるのかの疑問は拭い去れないでいる。人物はいちおう男が3人、女が1人と配されているが例えばオキナワでの話をするのが男2ということになってるが別に男1でもいいわけでしょ？　と言いたくなる。舞台上に誰かの言葉を評価したり批評したりする人物がいないのだ。男3がずっと黙っていてもそれがさしてドラマとも思えない。むろん言葉だけとれば「物事は動き出す。静止した状態から動き出す。この瞬間、これ以上に劇的なことはない」など、うなずけるセリフは多々あるが、いずれもが所詮作者自身の腑に落ちるところに収斂してるにすぎないと思えるのだ。演劇にとって言葉の機能とは何であろうか。もしこれが新しい演劇の可能性を探ろうとするものなら、私はただ追いつけなかった、というだけのことで、作者には、ますます自分の演劇をおしすすめてくださいと言うしかないし、そうであって欲しいとも思うのである。

　山本卓卓『その夜と友達』も評価が高かったが、私には中心の三人の関係がさして面白いものと思えなかった。図式はわかるが内実に迫ってないと思えたのだ。ゲイだってわかることにさしてドラマがあるとも思えないし、何？　倫理感の話？　と言いたくなる。三人で騒いでその後に「オレたち親友だよな」などと言うのだが、騒いだところをナレーションですませてあるのが問題。そのアナーキーであるはずの時間を現出せしめることが出来れば評価のしようもあったはず。同じように鍋を背負ってキャンパスを歩いた、それがどんな状況を生んだかを見せてもらわないことにはそんな人間信じるわけにはいかない。〝それ〟を描かないで、〝それの意味〟だけを説明しているのだ。例えば先の三人で騒いでるシーンだけで全編を貫けば、三人の関係を描くのに新しく、説明不可能な、とても面白いものになったろうに、と思った。

　そこで福原充則『あたらしいエクスプロージョン』だが、もしや作者にしては会心の作品ではなかったのかも知れないが、それでも劇作家のやるべきことをやってる、という意味では最も評価すべき作品だ。やはり言葉の問題になる。登場人物の言葉を「信じて、信じて」と言われてるような窮屈さを感じ続けた候補作の果てに読んだこの作品は、言葉など「信じなくていい」と言われているような安堵感を感じさせてくれた。実際そうなのだ、言葉など信じなくていい。信じたくなった時に信じるだけのこと。そのことがわかっているから人物の体の状態にドラマを見ようとする。石王の満洲からの引き揚げの話は語るべくして語られているから、つまり体がそれを要求しているから、信じたくなる言葉として機能するのであって、しかもそれは人が語る言葉は全て嘘、という前提を覆すことはない。嘘を信じる、という演劇の可能性に関わる問題だ。そこに挑戦するからこそ、構造に神経を使う。劇作家のやるべきことだ。

　だからフィクションにフォーカスしてる話だと期待して山田由梨『フィクション・シティー』を読んだが

腰砕けの感が否めなかった。小説に書かれている事が自分のことだと言い張る（しかも自分が産まれる前に書かれているのに）女とその事態をもっと執拗に追って欲しかった。

日本語を換気する日本語

岡田利規

われわれがついそれを日本語の「らしさ」であると捉えてしまいがちな、現実の日本社会のコンテクスト内で流通している日本語が自ずと帯びる各種の細やかな――もしくは瑣末な――ニュアンスや風情を、演劇のための日本語を書く際においても意識し、鋭くすくいあげること、それによってそれをヴィヴィッドな生きた言葉に仕立てること――そういった価値観から、神里雄大氏の日本語は無縁である。独自のセンス・詩情が備わっている。自分の声を持っている。

美的な側面だけではない。日本語で書いたり芝居したりすることが相手どる対象がどうしたわけかいきおいドメスティックなところに限定されてしまいがちなところを、神里氏は、そんな傾向の存在など知ったことかと言わんばかりのそぶりで、しっかりデカいことを扱う。対象の関心領域が国境に規定されないこと。物理的に難しいことでは必ずしもないはずなのに、その実践は少ない。神里氏は実践者のひとりだ。日本語を、日本語で行われる演劇を、拓いたものにできる人の一人である。日本語を、日本を、換気できる言葉を書く人だ。今回の選考会では、虚ろな様子で車の中にずっと引き籠もっている女を場の核にすえ、彼女の息子である男1が死んだ父――女にとっては夫――の灰を撒きに行こうと話しかけ続けるという『バルパライソ――』の基本的なセッティングが「演劇的」であるという評価を割と得たこともあり、授賞作となった。よかった。

松村翔子氏の『こしらえる』と山本卓卓氏の『その夜と友達』も授賞に値すると考え、選考会に臨んだ。『こしらえる』という戯曲と向き合う時間、この戯曲が持つ人間観・社会観・人生観と向き合う時間、この戯曲が見せつけてくる、人間社会から外れること・人間から外れることの可能性と向き合う時間は、グロテスクを味わうことのできた経験であった。

『その夜と友達』を書いた山本氏は、自分の書きたいことを書きたいように書く、演劇というツールを使いたいように使う、そのための方法と技術を身に付けた人だけが享受できる自由を、ぞんぶんに享受している。そのことを心から祝福したい。

福原充則氏の『あたらしいエクスプロージョン』に関しては、私にはこの作品に評価を下す資質が欠如していて、授賞に賛成することはできないのだが、反対もまたしていない。

欠席への反省

ケラリーノ・サンドロヴィッチ

今回私は体調不良で選考会を欠席させていただいた。なので他の選考委員の方々の間で交わされた論議を知らない。担当氏には事前に4段階評価の採点表をお渡しした。選考会終了後、授賞作二作との連絡があった。福原充則氏の『あたらしいエクスプロージョン』と神里雄大氏の『バルパライソの長い坂をくだる話』。私は採点表で、前者を評価したもののやや消極的で、後者は評価しなかった。

日本映画で初めてキスシーンを撮った映画人達を描いた『あたらしいエクスプロージョン』は楽しい作品で、読んでいて飽きず、笑えて、適度にカモフラージュされてはいるが過剰なロマンに溢れている。演劇ならではの飛躍とケレン、例えば一人の役者がシームレスに複数の役を次々と演じる仕掛けはワクワクさせる。だが、これが氏の真骨頂かと問われれば疑問で、ゆえの「やや消極的」である。これは多分に好みもあろうが、以前の作品にはもっと唸らされたものもあった。主に、独特な毒気に。笑うしかないほどの不幸への容赦のなさと、その裏に透けて見えるポジティヴィティに。この度は多少なりとも史実との葛藤があったのだろう。その制約と握手しつつ、すり抜けたい部分は軽やかにすり抜けていて、見事ではあるのだが……。

いや、ここまで書いておいてなんだけど、作品だけでなく、これまでの功績への評価として素直に祝福しよう。やや消極的とは言え、今回の候補作の中では最も面白かった。「面白けりゃいいのか」と言う人もいるけれど、面白くなきゃダメだ。

一方の『バルパライソの長い坂をくだる話』の話になると、頭を抱えてしまう。神里氏が候補になったのも福原氏同様初めてのことではなく、一昨年の候補作『+51アビアシオン, サンボルハ』を、私は最初、そこそこ強く推した。その時選考会で散々飛び交ったのは「これを戯曲として評価するべきか否か」という議論だった。今回はどうだったのか、欠席した私は知らない。

「戯曲」は「文学」でもあるが、前提としてその向こうには「演劇」がある。かつて別役実氏は「現在我々が演劇に接して感動するのは、演劇にではなく、演劇の彼方にある『文学』に感動しているのである」と否定的に説いた。一昨年の選考会においては、まさしく「感動していた」私の頭にこの一文が去来し、いそいそと推薦を引っ込めた次第である。

『バルパライソ〜』は、前作以上にこの人にしか書けない作品だと思う。日本と距離をとり、生者と死者を等価に扱う視座で立ち上がる世界はもはや神話的でさえあり、ブエノスアイレス、チリ、アフリカ、パタゴニア、シドニー、ニューヨーク、東京、京都、那覇、小笠原諸島を巡る。読み物としての成熟に感じ入った反面、演劇的なダイナミズムを鑑みた時に、改めて思った。「これは戯曲なのか」。

すでに一昨年の選考会でその点における一応の決着はついていたようにも思え、評価を避けた。「これは戯曲なのか」「戯曲とは何か」「岸田國士戯曲賞は何を評価すべきか」。語り合う課題は多いだけでなく、時とともに更新される。選考会には出なければいけないと思った。

作家の身の丈

野田秀樹

例えば私は、第二次大戦が終わり十年後に長崎で生まれ、すぐに東京へ出てきて、十代は今の中国が経済発展をしているのと同じような感覚の都会で暮らした。これが、私の「身の丈」というものである。その後、二十四で母を亡くし、三十一で父を亡くし、三十三で、右目の視界を失くした。そのことで、少し「身の丈」が変わった。そういった「身の丈」から逃れられないのが、作家というものであり、作家はなにも「身の丈」にあったものだけを書けばいいというものではないが、常日頃、自分の「身の丈」を知るべきである。つまり、自分が書くことのできるもの、書いていいものを「自問自答」し続けるべきである。その意味で、今年受賞した福原氏も神里氏も、作家としての自分の「身の丈」をよく知っている作家に思える。

福原氏は、この度、戦後や満洲のことなども書いているが、彼の興味はそこにはない。「何を書くか」が大事ではなくて、「如何に書くか」の方に、はるかに興味が向いている。だから読んでいて、こちらの心が弾むばかりに楽しい。言葉が踊っている。よくできているなあ、と唸らせる。古い言葉で言えば「達者」でありウェルメイドなものが書ける作家だ。「自分は何か書くものがあるわけではない、ただ書くのがうまいだけです」といったタイプの作家ほど、息が長く続き、やがて、自分が本当に書くものに出会う……ことがある。いつか、福原氏が、あの洒脱な作風で自分の書きたいものを見つけた時の作品を読んでみたい。

それと対照的に、神里氏は「如何に書くか」ではなくて「何を書くか」を大切にしている。そんな身の丈の作家だ。この度は、神里氏は「人間の骨」のことを書いた。南米の海に散骨するべき「父の骨」、その南米における「人類初めての骨」そして、父という言葉から連想される「父島で散った戦士の拾われないままでいる骨」の話だ。この三つを舞台上の車の中から出てこない「母」に語るモノローグ的作品だ。モノローグというよりは、創作ノートからの抜粋にさえ思えるところもある。そこが彼の「如何に書くか」の弱さのようにも思えるのだが、彼が書いている「何か」は、南米に生まれた彼にしか書けない、その特殊な身の丈が作り出した、他にはない世界である。そのことだけは間違いない。前回の神里氏の候補作と異なり、今回のものは、確かに作品に「骨」があったのである。それを私は拾うことができた。

今回、私はこの二人の作品を推したが、他にも、西尾佳織氏、サリngROCK氏、山田由梨氏の作品を面白く読んだ。受賞作との距離はさほどないと思う。

おめでとうございます

平田オリザ

最後に残った三つの作品（福原さん、神里さん、山本さん）は、いずれも完成度が高く、受賞に値すると考えた。ただ、昨年、一昨年のように圧倒的に推したいという作品があったわけではなく、「賞は出した方がいい」という、いずれも消極的な賛成となった。そのようなわけで、それぞれの作品の善き点については他の選考委員に任せて、申し訳ないが否定的な部分のみを先に書いておく。

山本さんの『その夜と友達』は、LGBTに対する偏見の問題を基調にしているにもかかわらず、なぜゲイの登場人物が急にキスをしたり、性交を迫ったりする設定としたのかが私には理解できず人物造形が雑に感じた。

福原さんの『あたらしいエクスプロージョン』は、上質のコメディであるのに、映画人の戦争協力や満洲からの引き上げの悲惨さが、何か免罪符のように挿入されていることが気にかかった。福原さんの筆力ならば、題名の通り、もっと闊達に、戦後の開放感を描くこともできたのではないかと感じた。

神里さんの『バルパライソの長い坂をくだる話』は、なぜ、これを一人語りの形式にしなければならないのか、やはり最後まで私には理解ができなかった。たとえば、男1は兄弟ではダメだったのか。あるいは姉と弟なら、他の膨らみはなかった。自己の経験や見聞からもっと距離を置いて、劇空間を豊かにする構造についての吟味がまだまだできるのではないか。

いや、豊かさなど求めていないのかもしれないが、しかし、「女」（母）という設定によって、この空間が、まさに「劇的に」成立していることは間違いない。だとすれば、他の点についても、もっと貪欲になっても良かったのではあるまいか。

岸田賞を受賞することによって得られる最大の果報は、もう岸田賞について考えずに済むことだ。今回、幾度目かのノミネートで受賞となったお二人には、それぞれ異なる方向のその才能を、もっとのびのびと伸ばしてもらいたいと願う。
おめでとうございました。

戯曲における「距離」への感覚

宮沢章夫

戯曲における——あえて漠然と書くが——、「距離」はどのようにあるかを強く意識したのは、受賞作のひとつ、神里雄大の『バルパライソの長い坂をくだる話』で語られる世界の広さと、その距離の感覚、位置の意味、あるいは詳述される場所のあり方がきわめて興味深いからだ。

たとえば、松村翔子の『こしらえる』も、よく書かれたテキストだ。あるいは飛躍の愉楽を感じる作品だが、さまざまな意味で「距離」への感覚が稀薄だと感じる。ドラマの舞台となるレストランのある街の広さや、単純なことを書けば、入口からどれくらい歩けば厨房まで行けるのか。もちろん、それは寸法のことではなく、まして、距離が数値で示されるという意味ではない。あたりまえだが、多くのテキストがそんな記述などせず、読むことを通じて想像させる。だから、典型的な技術の側面から「距離」を考えるなら、ト書きが「距離」を語るのではなく、むしろ、せりふの積み重ねによって——物理的にも、心理的にも——、人と人との距離が表現されるし、人と人との距離から空間を想像させる。ここではせりふは単なる発話のことではない。小説の発話の形式とも異なり、コミックの吹き出しの言葉ともべつの表現だ。演劇の技法にとって特別な要素だ。

せりふの組み立てによって世界が生まれる。けれど、その技法こそ否定の対象とするテキストもある。

使い古された技法はときとして退屈だ。神里雄大の『バルパライソの長い坂をくだる話』は、こうした退屈から深い場所で逃れようとする。松村翔子の『こしらえる』の「距離への無自覚」は、神里と異なり典型的な技法の否定ではない。たとえば次のせりふのやりとりは、どこか性急だ。レストランのパティシエの夏目が無断欠勤していることを前提に、夏目から教えを受け、修行中の池澤が出勤する。店長の三島と言葉を交す。

池澤　おはようございます。
三島　あ、池澤。
池澤　はい。
三島　今日もまだ夏目さん来てないんだよ。
池澤　え、そうなんですか。
三島　パティスリー頼んだよ。
池澤　えー、僕自信ないですよー（去る）。

このやりとりはこう書くこともできる。

池澤　おはようございます。
三島　……。
池澤　（薄々察し）……え？
三島　……いや、……おはよう。
池澤　きょうも？　きょうもまだ夏目さん、
三島　来てないんだよ。
池澤　……そうかあ（と、ひとりごちると、ゆっくり
　　奥の部屋に向かう）。
三島　（その背中に）頼んだよ。
池澤　（立ち止まり）僕ですか？
三島　パティスリー。
池澤　僕……、自信ないですよ（とまた、ゆっくり
　　奥の部屋に向かって去る）。

決してうまい例ではないが、やりとりを通じて二人のあいだに漂う空気が描かれれば、「距離」は自然に浮かんでくるのではないか。結論に向かって性急にことを運ぼうとするのは、作家の「都合」だ。できるだけ早く池澤に、「僕自信ないですよ」と言わせたかった。こうして『こしらえる』は、いくつかの部分で無自覚に「距離」を書き忘れるが、ただ、そうした無自覚さの破綻が、とんでもない飛躍も生む。レストランを舞台にした人間模様の中、シェフの磯辺と不倫しているウェイトレスの内山は、磯辺の妻、幸枝に呼び出される。磯辺家を訪問する内山は、なにがどうなっているのかわからないが、飼い猫を失った幸枝から、猫になってくれるよう懇願される。内山は猫になる。それもただごとではないが、さらに先を読むと、猫になったことで店を休んでいた内山は、猫としてレストランに復帰する。見事な不条理劇だ。なにしろ、

猫としてウェイトレスをする者がいるレストランだ。

さらに飛躍は留まることを知らず、幕切れ近くの次のト書きが読む者を驚愕させる。

「泣きじゃくる幸枝、やがてゴリラになる。」

なにごとなのかと思うのだ。

ゴリラになった幸枝は森に消えてゆく。その森とはなんのことだろう。すぐれたト書きだ。だからこそ、「距離」についてもっと自覚していればと残念に思う。

そして、技法そのものを対象化する、神里雄大の『バルパライソの長い坂をくだる話』は、また異なる手つきによって「距離」の考え方を示す。

なにより驚かされるのは、先に書いたように、語られる世界がどこまでも広がっていることだ。男1と男2の独白がほとんどの出来事を語る。語りによって描かれる地理的な位置がきわめて興味深い。それは、パラグアイやパタゴニア、オキナワであり、父島だ。けっして世界史で語られるような「中心」ではない。「中心」から逃れる土地の把握の方法にまた異なる演劇の可能性がある。あるいは、異なる土地から戯曲を見つめ直すからこそ、それ自体が演劇への誠実な応答になる。冒頭、男1は自分の位置を口にする。


「……このまえインターネットにいたんだ。」

ネットはたいてい、「閲覧した」とか、「使っていた」「していた」と表現される。男1はごく近い過去、インターネットにいたらしい。つまり「いた」ことによって、男1は、ある場所への訪問者になったし、べつの書き方をするなら、観光客になった。東浩紀は、「観光客」について、「人間が豊かに生きてゆくためには、特定の共同体にのみ属する『村人』でもなく、どの共同体にも属さない『旅人』でもなく、基本的には特定の共同体に属しつつ、ときおり別の共同体も訪れる『観光客』的なありかたが大事だ」(『観光客の哲学』より)と論じる。そして、アントニオ・ネグリらが語る、「マルチチュード」という概念について論考は続くが、それは新鮮で、魅力的な「主体」の提起だ。そう考えると、神里の作品に登場する観光客たちの姿が、生き生きとしたものになる。観光客の視点によってさまざまな場所の出来事が語られる。男1が言った。

「あのときのパラグアイには、皆既日食が起こるっていうことで、世界各地から観測隊や大学生たちが集まってきていた。ドイツやアメリカ、オーストラリア、日本、そしてたぶんもしかしたら、宇宙からも。」

すでにパラグアイにいた男1は、考えてみれば、観光客としての「観測隊や大学生たち」を迎える側だが、皆既日食という特別な出来事は、「観測隊や大学生たち」と同じように男1をも観光客にする。だから男1はその瞬間のことを興奮した調子で語る。

「パラグアイでダイヤモンドリングが輝いたとき、草原のどこに隠れていたのかもわからないカエルや鳥や虫たちが大きく鳴き始め、観測隊に緊張が走り、子どもたちは息をすることを忘れた。」

父親の仕事の関係で男1はパラグアイに居住したことのある日本人だ。だからはっきりとした根拠をその土地に持つのではない。半分はそもそも観光客だ。では、男2はどこの国の人間なのだろう。ブエノスアイレスに住む友人や、自分が住んでいる地区（＝ブエノスアイレスの一角）について語るのを読むと、どうやらアルゼンチン人らしい。アルゼンチン人らしき男2は、やがて観光客としての、自身のことを口にする。

「去年の冬に、おれと彼女とで日本に遊びに行ったんだ。おれは二回目の日本で、彼女は初めてだった。東京、京都と観光してから、おれたちは初めてオキナワに行った。」

ここで、「東京」「京都」が漢字で記されるのに対して、沖縄が、「オキナワ」とカタカナで記されるのは、このテキストが「中心」から遠ざかり、多くの日本語を使う者にとって感じる、パラグアイやブエノスアイレスと同じ響きをもたらすからだ。その響きが、「中心」から逃れるテキストの主旋律だ。だとしたら、「父島」が漢字で記されるのはなぜか。それを語るのが男1だからだと考えられるし、男1が父島で会った「愛想のわるいバーのマスター」が、日本が父島の領有権を主張するより三〇年以上前から島に住み着いたアメリカ人の末裔だったからだとも考えられる。つまり父島は、男1にとって、どこに属するかわからない曖昧な空間としてある。

これは奇妙なテキストだ。

おそらく神里雄大は、観光客の視線で演劇を見つめている。所属する共同体がありながら、ときどきべつの共同体を訪れる者のように。あるいは、それを専門としながら、あたかも門外漢のような態度でテキストを書く。そのことが強く印象に残る。

同じように、西尾佳織の『ヨブ呼んでるよ』が印象に残ったのは、たとえば、いかに「夢」を言語化するかが試されているからだが、そこにも「距離」への感覚がある。誰もが経験するのは「夢」を誰かに伝えることの困難だが、無謀にも西尾佳織はテキストとしてそれを記そうと試みる。それもまた距離を縮める行為であり、「夢」を外部から見つめる観光客のふるまいだ。とても魅力あるテキストだ。けれど、残念なのは、もっとも重要だと思われる、「ヨブは語り尽くした（けれどわたしたちは？）」と記された場面のト書きに、次のような指定があることだ。

「＊劇を上演する者は、このシーンのための言葉（語る言葉を持たない者の言葉）を探すこと。」

選考会でも指摘があったが、それは作家が為すべき仕事だ。

では、福原充則の『あたらしいエクスプロージョン』はどうか。すでに新人とはいえないほど劇作の筆力があるのを感じ、見事な筆さばきに感服する。おそらく、巧みなせりふによって、意識的に「距離」は表現されるから、世界が立体的に立ちあがる。

けれど、だからこそ材料さえ整ってしまえばたやすく戯曲を書いてしまう陥穽があるのではないか。

終戦直後の日本映画がＧＨＱによって検閲された出来事が描かれ、日本の映画や演劇の製作を統括するデビッド・コンデの「史実」が語られる。あるいは、劇中に登場する、「闇市」「パンパン」といった道具立てが揃えば、お話はたちまち出来てしまうが、あまりに手垢のついた素材ではないか。テキストに指定はないが、「リンゴの唄」が聞こえるかのようだ。こうした達者な筆致のテキストを否定する気はまったくないし、作品の価値も認め、あるいは趣向の切れ味にも感心しつつ、けれど、なにか腑に落ちない。いまとなっては――戦後七〇年以上が過ぎ、描かれている世界や要素が、この国の多くの者にとって、共同体に属する「村人」のような感情を喚起させ、大西巨人の言葉を借りれば、どこか俗情との結託を感じるからだ。もちろん、「俗情との結託」は演劇とは無縁かもしれない。劇場という特別な空間に、観客と対面することで表現され、公演される演劇には、少なからず俗情を煽る側面があるだろう。なぜなら、いまそこで、俳優が生きているからだ。

福原の見事な技術にはもっと大きな可能性がある。神里とは異なる距離を生み出すことができる。候補作のすべてに刺激を受けた。最後に付け加えておくなら、ゴリラもまた、観光客である。